1
著 三阪
ill. ようづき
VRゲームで攻略などせずに
勉強だけしてたら伝説になった
VRGAME DE KORYAKUNADOSEZUNI BENKYO DAKESHITETARA DENSETSUNINATTA

CONTENTS

プロローグ … 007

1コマ目▶始まりの勉強場所 … 015

2コマ目▶人気と魔法 … 045

3コマ目▶海外経験 … 083

4コマ目▶弟子（2人目）と会議 … 131

5コマ目▶イベント参加 … 169

6コマ目▶黒い問題集 … 189

7コマ目▶アップデートと亀裂 … 213

特別コマ▶黒本日記 … 263

キャラクターデータ … 291

あとがき … 298

VRGAME DE KORYAKUNADOSEZUNI
BENKYO DAKESHITETARA
DENSETSUNINATTA 1...

プロローグ

不景気。戦争。内乱。食料不足。思想の変化。成長力の低下。様々な理由で世界が停滞する中、1つの革新的な出来事が起ころうとしていた。

それが、フルダイブ型ＶＲＭＭＯ『ｎｅｗ　ｗｏｒｌｄ』の登場。

たかが1つの新しいゲームでしかないが、されどその影響は大きい。それこそ、小国の大統領が決まるよりもよほど影響は大きく、

「現実より長い時間、あなたは新しい現実と共に生きられる、ねぇ」

脳の何とかかんとかをうんたらかんたらすること（急な思考能力の低下）によって、そのゲームの起動中体感時間が3倍にまで引き延ばされる。

最大1日8時間までというログイン制限は健康や安全のため一応付けられるらしいが、それでも一日が3分の2増加するのは非常に大きいだろう。

そして、必ずその大きすぎる利点に誰しもが心を躍らせのめり込むはずだ。それこそ、現実のいざこざがどうでもいいと思える程に心を奪われる者も続出するだろう。

「冒険や戦闘だけでなく、様々なアイテムの作成や芸術だったり料理だったりも行える、と」

そんな世界に挑もうとする若者が、ここにもいた。

それが、

「体感時間3倍…………つまり、これで受験勉強がみんなよりたくさんできるってこと!?」

将来使うかどうかも分からないような知識を頭に詰め込んで行う知識ゲーに近い勉強という夢も希望も無い非情な現実を、わざわざ人々が楽しむことを目的に作られたゲームにまで持ち込もうと

する変人。高校3年生という受験生な存在だった。

「これは購入間違いなし!!」

即決でポチられる10万円近い機材。ただ、その金額も受験に使う金額と考えれば決して多すぎるというほどではない。受験生というのはそれほどまでに金のかかるものなのだ。何せ受験も一種の戦争なのだから。

「勉強時間で差をつけて、レッツ志望校合格!!」

「……………届いた!!!」

そう呟く彼女の手元には、ヘッドギアが収まっていた。

段ボールに詰められ厳重に敷き詰められた発泡スチロールや空気の緩衝材を押しのけ出てきたのは、非常に軽く高級感あふれるもの。

「さすがは、10万」

彼女、受験生なピッチピチの高校生《JK》画智是伊奈野《がちぜいなの》は、届いたばかりのVRヘッドギアを装着し、自身のベッドに横たわる。

するとすぐに体から力が抜け視界が暗転し、

『ようこそいらっしゃいました。これより基本設定を行っていただきます』

「ん。なるほど。了解」

　突然意識が落ちたかと思えば、すぐにやってくる白い世界。

　そんな世界の先にいるのは、宙に浮いた小型の機械のようなもの。剣と魔法のファンタジーだという噂のゲームのコンセプトとはあまりあっていなそうな設定専用の機械のようだった。

　伊奈野の本命はこのゲームでかわいいキャラクターを作ることでも強いスキルとジョブの組み合わせを作ることでもなかったため、

「見た目は私より小柄な感じで、髪はショート。眼鏡もかけれるならかけさせといて。髪の色は黒で、目の色は赤。顔はリアルの私よりも無表情が似合う感じで」

　まずは見た目を準備している間に考えておいたので最低限伝えておく。そういったことを急に並べても相手が機械であるため把握はできるが、

『りょ、了解しました』

　少し困惑の色がうかがえる。

　だがすぐに、

『顔や体形のベースはお客様を基にいたします。お客様は大変美形でいらっしゃいますので他の方がお使いになるアバターと並ばれても違和感などは、』

「あっ。それはなし。リアルの要素、しかも容姿を持ち込むとかネットリテラシー的にアウトだから。基にするのはそっちが持ってるサンプルのものにして。私の要素は一切混ぜなくていい。というか混ぜないで」

話を進めようとして、すぐに伊奈野に却下される。

彼女は受験真っただ中であり、ちょうど先日『情報』の復習をしたばかりなのだ。ネットリテラシーに関してはかなり厳しくなっている。美形云々など恐らく全員に言っているだろう台詞であるし、たとえ本当だとしても自分のデータを使う理由がない。

『……………で、ですがお客様は非常におきれいで』

「そういうの良いから早くして。キャラクターで私の個人的な細かい要素が分かる部分はできるだけ排除」

『……………わ、分かりました』

しょんぼりしていますとでもいうような雰囲気を出して従う設定用のＡＩ。だがそれを見ても彼女は一切心が痛まなかった。

なぜなら、その危険性は『情報』で勉強したのだから！

『で、では、次にジョブやスキルの各種設定を行っていただきます』

「了解。ジョブは魔法使いか神官」

『申し訳ありませんが、神官という職業は初期選択できる中にはございません。代わりに僧侶という職業なら選択が可能なのですが』

「魔法使いは？」

『そちらはございます』

「じゃあ魔法使いで」

『かしこまりました』

何故候補が魔法使いか神官なのか。

それは単純に、ゲーム的に言うと知能系統のステータスが高そうだからである。受験生として験《げん》を担ぐ意味合いでも、知性の高い職業を選んでおきたかったのだ。

「スキルは職業に合いそうなのをおすすめで選んでもらえる？」

『かしこまりました。ではこちらなどいかがでしょう？』

そんな言葉と共に、伊奈野の前へウィンドウが表示される。

そこに書かれているのは、魔法使いの持っていそうなスキルの数々。とりあえず伊奈野としてはどれでも良かったので正直に、

「どれでもいいから、バランスよくこの中から選んでもらえる？　もうそれで確定で良いから」

『了解しました。では取得スキルは『風魔法1』『MP増加1』『魔力障壁1』『詠唱短縮1』『魔法使いの心得1』の5つでよろしいでしょうか？』

「OK」

効果もあまり分かっていないが、伊奈野はそれで了承する。彼女にとってスキル構成というものは非常にどうでもいいものなのだから。

というよりそろそろ時間を使い過ぎて（経過時間3分程度）、早く勉強をさせてほしいとイライラしているほどである。

『それでは最後に種族を決めていただきます』

「人間で」

『……かしこまりました』

即答だった。

エルフやらドワーフやら魔族やら、本当は選択肢もいろいろとあったのだが、もし存在しないものを選んでロスが出てしまうとそれだけで勉強時間が減るということで彼女は無難で存在する可能性の高い人間を選んだのだ。

さて、先ほどＡＩはこれが最後だと言っていた。

つまり、

『それではこれで各種設定は終了となります。これ以降はチュートリアルがありますので、まずはそちらのご確認をお願いします』

「了解」

『それでは良い人生を』

《称号『何度目？』を獲得しました》

視界が暗転する。プ、レ、イ、ヤ、ー、ネ、ー、ム、すら決めることなく。他の多くのプレイヤーはこの段階でプレイヤーネームを決めていたというのに。

しかしそんなことは知らないし気づきもしないまま次の瞬間には、また周囲の風景が全く別のものに変わっていた。

VRGAME DE KORYAKUNADOSEZUNI
BENKYO DAKESHITETARA
DENSETSUNINATTA 1...

1コマ目▶始まりの勉強場所

そこは、

「邪魔だあああぁぁぁぁ！！！！」

「どけえええぇぇぇ!! 俺が先だああああぁぁぁぁ！！！！」

「俺に話をさせろぉぉぉ!! クエストを受けさせせろおおおぉぉぉぉぉぉ！！！！」

響き渡る大声。

「………ケイオスじゃん」

大勢が叫び、群がり、押し合い、どうにか自分の目的を果たそうとしているように見える。伊奈野の目の前の光景はひどいものとなっていた。

「ログイン初日だから当然、かな」

伊奈野は届いてすぐにログインしたが、実は今日がログインが可能になる日だったのだ。そのため今日という日は初ログインとして参加してくるものが多く、混雑するのも当たり前。特に、チュートリアルやその後に行うことに必要な場所などは混雑するのではないかと予想できた。

が、

「まあ、チュートリアルもその先も関係ないからいいんだけど」

伊奈野の望みは勉強のできる場所のみ。彼女の視界の端に映りこんでいる、『チュートリアルを受けますか？』という表示も全く関係ないのだ。逆にもしチュートリアルを受けてしまうと流れでゲームの方をやりたい気持ちが湧き出てしまう可能性もあるし、この先勉強に集中していくにはできるだけ触れたくないところである。

もちろん、

「何か分からないこともあるかもしれないし、残してはおくけど」

ＹＥＳかＮＯを選択する問いなのだが、ＮＯを選べば恐らく消える、ただ、どこでどう壁にぶつかるか分からないので一応残しておくのだ。わざわざ消さなければならないほど邪魔になるものでもないし。

伊奈野とて受験に本腰を入れるまではゲームをいくつも触っておりＦＰＳからオープンワールド、ＲＰＧ、ハクスラ等々様々なものに手を出してきている。それこそ海外のインディーゲームではランキングでトップに入る程度にはやり込んだものもあったため、彼女もチュートリアルを無視することの危険さは理解しているのだ。いくつも独自要素が強すぎて全くと言っていいほど操作や仕組みを理解できないゲームも遊んできているのだから。

「さて。できれば混雑しているあっちには近づきたくないけど」

伊奈野はプレイヤーの集まる方向から離れ、勉強できそうな場所を探す。目星をつけている場所は、図書館だ。きっとそういう場所なら勉強できるし、こういったゲームにも存在すると考えられる。

このまま探し続ければ見つけることも可能ではあるだろうが、

「すみません」

「ん？　なんだい？」

彼女はできるだけ早くたどり着きたい。ということで、現地の人間、ＮＰＣに聞くことにした。

このゲームのNPCもAIが関わっているようで、柔軟性が高く人間に近い動きをみせる。

伊奈野の質問も理解し答えてくれるのは間違いない。

ただ、逆に対応力が高すぎてプレイヤーと見分けがつくかも怪しい。ということでまず確実にNPCである存在に話しかけるため彼女は商人を選んだ。さすがにこんな早い段階から商品を売り出せるプレイヤーはいないだろうと考えて。

「ちょっと道をお尋ねしたいのですが……何か先に買うのが礼儀なんでしたっけ。私ここに来たばかりなんですけど、買えるものとかありますか？」

商人に何か聞くときは商品を買うというのはほかのゲームでも良くあること。

これを指摘される前に行うことでNPCからの好感度を上げられるゲームもあったため、伊奈野はそれを含めて考え安全策を選択した。

そんな伊奈野の思惑は、ばっちりはまった。

「おぉ～。礼儀の分かってる子だね。今時珍しいくらいだよ……とりあえず最初に持ってるのがいくらかは分からないけど、これならギリギリ買えるんじゃないかねぇ？」

露店をやっていたおばあさんが、少し悩んだ後に1つの腕輪を差し出してくる。あまり派手な部類ではなくどちらかと言えば質素な見た目だが、伊奈野が装備してもダサさは感じないような無難なつくりとなっている。

「800G《ゴールド》の腕輪だね。町の中とか限定だけど、自分の行ったことのある場所に何度でも転移できる効果があるんだよ」

「へぇ。良いですね………えっと。所持金は1000Gとか書いてあるので買えますね。購入させていただきます」

願ったりかなったりとでも言おうか。

一度図書館に行くことができれば、あとは好きなタイミングで転移していけるということだと思われる。伊奈野は即決で購入を行い、おそらくチュートリアルでも使うのではないかと思われた所持金の8割を消費する。

「で、何か聞きたいことがあるんだろう？」

「あっ。はい。そうなんです。図書館に行きたくて」

「あぁ～。はいはい。図書館なら向こうだねぇ、だいたいここからこう進んで………と、説明するのも面倒だねぇ。ちょっとサービスで地図も渡しておいてあげるよ」

途中まで説明してくれたのだが、伝えるのが面倒になってきたのかややこしくなってきたのかしたようだ。

露店の店主は伊奈野にこの町のものだと思われる地図を差し出してきた。

「い、良いんですか？　ありがとうございます」

渡された地図を眺める。

そこには現在地と、町全体の各施設が記されていた。この町で過ごしていく分には非常に便利なものである。

「図書館はここだね」

「ああ。なるほど。分かりました。ありがとうございます」

「いやいや。気にしないでおくれ。せっかく買ってくれたお客さんなわけだし、サービスするのも当然だよ。気を付けていっておいで」

「はい。ありがとうございます」

伊奈野は頭を下げ、足早にその場を去る。老婆はその背中を興味深げに眺めていたが、伊奈野は一切振り返ることもなかったのでそれに気づくことはなかった。

それから、地図を頼りに彼女は数分歩き、

「ここ、かな」

ついに目当てのものを見つける。


中世な雰囲気を持つこのゲームの世界では違和感を覚えるほど大きなその建物は、現実のものと同じくらい大きいのではないかと思われた。

「さぁ。勉強の時間だね」

一瞬足をとめたが、それ以上時間をロスするつもりはない。

彼女は迷いなくその図書館へと入っていくのだった。

「…………広い」

やはり外観から分かったように中はかなりの広さがある。様々な種類の本があるようで、時間があれば眺めてみるのもいいかもしれないと思うほどだ。

ただ、あくまでも伊奈野の目的は勉強であって読書ではない。そこからすぐに机に向かってもいいかとは思ったのだが、

「すみません。ここで勉強をするのは大丈夫でしょうか？」

念のため受付で許可を取ることにする。当然その返答はＹＥＳだった。

さて、こうなれば後はやることが決まっている。

このゲームでは現実の問題集などは持ち込むことができないが、インターネット上に転がっているものなら持ってくることができる。事前にデータをダウンロードしておけばゲーム内で本としてそれを出してくれるため、伊奈野は自分が必要だと思ったデータを大量にかき集めて今ここに出したのだ。理想の問題集兼参考書のようなものである。

そのため、いくらでもある練習問題などを引っ張り出しては解いていくことになるのだった。

「はぁ。時間があるって最高」

それからしばらくカリカリカリカリッ！　と静かな図書館の狭い空間にペン（自分が持ち込んだデータなどにのみ書くことができる便利ツール）の音が響く。

迷惑にならないように隅の方の小さな机で伊奈野は勉強しているのだが、そのおかげで人もあまり来ないし余計に集中して勉強できた。彼女にとってこのＶＲゲームの図書館は天国のような場所となっている。

「いつもより集中できてるかもしれない」

1時間ほど続けた後、一息つく。

ここまでゲームの中で勉強を進めてきて、彼女は普段の勉強以上に集中してできたように感じていた。途中でスキルがどうこうといった音声やログが流れてきたのだが、そのあたりは消すことができたので問題はない。勉強に便利な非常に快適な環境である。

しかも、

「これでまだ現実だと、20分しか経ってないんだよね？」

そうなのである。普段の1時間以上の分量が、たった20分程度でできるのだ。その差は非常に大きい。これだけでも彼女には、10万かけてこのゲームを買った価値があったと思えた。

そうしてほっと息をつきつつ、休憩を兼ねて周辺の本を読んだり。そして休憩が終わればまた勉強に向かったり。

著作権の切れた本のデータを読み込ませてＡＩにあたらしいものでも書かせたのかはわからないが、おいてある小説などの雰囲気は基本的に昔の文豪が書いたようなものの雰囲気が出ていて意外と楽しめる。

しかも面白いは面白いのだが、文章の構成や価値観などにより伊奈野にとってはそこまでいつまでも読んでいたいというほどの面白さに感じないようなものとなっている。そのため休憩後の勉強への移行には全く支障が出ないところもポイントが高い。

そんなことを繰り返し、彼女は充実した受験生らしい1日を過ごした。

いや、過ごすつもりだったが、その予定にはない小さな変化が生まれる。

それが、

「あの、すみません」

「ん？　どうしました？」

彼女は勉強中、話しかけられる。

顔を上げてみれば、そこにはいかにも魔女といった印象を受ける大きな帽子をかぶりローブを羽織った大人な雰囲気を醸し出す女性が。碧眼がまっすぐにこちらを見つめてきており、伊奈野が顔を上げたタイミングで女性は視線を合わせるために歩きにくそうなハイヒールを履いているにもかかわらず腰を曲げて、顔にかかる髪を耳の方へとどける。

「集中されているところ申し訳ありません。ただ、少しあなたの書かれているものが気になってしまいまして。もしよければなのですが、その数式のことなど私に教えていただけないでしょうか」

しかもそんなことを言って、軽く頭を下げてくる。どうやら彼女は伊奈野の勉強に興味があるようだ。

ただ、自分の勉強が忙しいため正直伊奈野にはそんな彼女が求めるようなことをしている時間はない。だから、断るのが通常の行動。

……なのだが、

「私のルーティンは、1時間勉強して10分間休憩をはさむというものです。その10分間の間だけでよければ、お教えしますよ」

「本当ですか！」

伊奈野はその申し出を受け入れた。

そんな彼女の頭には、1つの聞いたことのある話が思い浮かんだのだ。勉強してインプットすることも大事だが、そのインプットしたことを人に話すなどしてアウトプットすると余計に理解が深まり記憶の定着にもつながる。特に人にものを教える時が1番定着につながりやすい、と。

今回はそのアウトプットに非常に適したものとなる。

「あと27分後に休憩に入る予定ですので、それまでお待ちいただいても？」

「もちろんです！」

休憩まで魔女のような人には待ってもらいつつ、伊奈野は勉強を再開した。

魔女のような人（と呼ぶのは長いので以下魔女さん）はその様子を興味深く眺めたり、持っていた本を少し読んだりしては時間を確認していた。伊奈野の行っていることにかなり興味を持っていて、早く知りたがっていることが分かる。

そして、約30分が経過し、

「では説明していきますね」

「よろしくお願いします！」

図書館なので声は抑えつつ、それでも元気のいい返事が返ってくる。ついに説明の10分間がやってきたのである。

1時間近く、ここまで待った魔女さんが気になっていたのは、

「この数式の意味をまず知りたくてですね」

「ああ。これですか？　これは3次方程式と言いまして。私はこれを微分して……」

説明が始まるのだが、そこで行われる会話によって伊奈野は目の前の魔女さんがNPCであったことを知る。

このゲームは珍しいことにプレイヤーがプレイヤーとして認識できるような機能はないため、AIの操るNPCはプレイヤーとほとんど見分けがつかないのだ。ここで微分や積分という言葉を魔女さんが知らず、さらにはこの世界で数年働いているような言葉も引き出したので初めてNPCと断定できたのである。

そしてそれと同時に、NPCである彼女との話により、大まかなこの世界の学問レベルが理解できた。

魔女さんは伊奈野の勉強の内容がほとんど理解できていなかったようだが、それでもこの世界においては高名な学者であり魔術師であるらしい。

そこから話されるこの世界の最先端の学問というのは分野によって多少の違いはあれど、だいたい中学3年生のレベルに届くかどうかといったところだった。

「そ、そんな部分を求めるなんて考えたこともなかったです」

「まあそうですよね。この辺なんて日常で使う人はほとんどいないと思います」

たった10分程度の説明だったが、それでも魔女さんにとっては非常に刺激的で得るものが大きい時間となったようで。

「また教えていただけないでしょうか」

再び頼まれてしまった。

これがもし相手の理解が遅かったりすればあまり時間は取れないとなるところなのだが、相手はさすがに学者という役割を持っているだけあって理解力も高い。伊奈野にとってもこの時間は自分の理解力を試すのに良い機会だったのだ。

だからこそ、

「分かりました。では、また同じように休憩時間になら」

「ありがとうございます！　師匠!!」

いつの間にか魔女さんの師匠となった伊奈野。

そんな彼女は知らないが、彼女が今聞こえなくしているアナウンスと見えなくしたログでは、

《称号『賢者の師』を獲得しました》

何やらゲーマーが好きそうな称号を獲得していた。

もちろん今の伊奈野には称号も得ているスキルなどもどうでもいいものなわけだが、彼女が何かしらの特殊なルートやイベントに巻き込まれていることは間違いない。

とりあえずそんなことには一切気づきもしないまま時間が経過し、

「……ありがとうございました」

「いえ。参考になったのであれば幸いです」

魔女さんへの授業を何度か繰り返した後、仕事があるということで魔女さんはそこから去っていった。どちらかと言えばここまで時間をかけて伊奈野に話を聞いていて大丈夫だったのかと思うところではあるが、それは言わないお約束である。

もちろんそれを伊奈野は特に良くも悪くも思うことはなく、そうなってもひたすら勉強を続けるだけ。

……なのだが、

「ん？　表示が騒がしい」

視界の端の方で、赤い点滅が起き始めた。何か異常を知らせていたり、何かを警告しているのではないかと思われる。

「ログイン制限？　というわけでもなさそうだし」

勉強の邪魔をされて少しイラッとはしたものの、何かマズいことが起きているかもしれないということで伊奈野はいったん確認をする。

経過時間から考えてログイン制限でも尿意などの身体的な生理現象でないことは確か。ということでよく見てみたところ、そこにはゲージのようなものがあり、

「あっ。満腹度のゲージか」

彼女はそれがいわゆる満腹ゲージであるということに気が付く。

よくゲームなどで存在する、何か食べないとそのゲージが減少していき最後には餓死してしまったり何かデバフがかかったりするものだ。ビルドなどによってはそれがたった1であっても考え抜いて使わなければならない非常に大切な数値である。

「よくある移動速度低下とかの状態異常なら関係ないんだけど」

単純に移動速度が低下するだけならば問題ない。

だが、ここで手の動きまで遅くなってしまったりすれば勉強に支障が出る。できればそれは避けたいところだった。

とは言っても、

「お金使っちゃったし、何も買えないかも………」

すでに伊奈野は初期に持っていた所持金の8割を使って露店で腕輪を買ってしまっている。残りの金額で食料品を買えるかどうかも怪しいものだった。

それに、いま食事をしたところで資金は減り続けるだけであり、その後にまた訪れる空腹に対応し続けることができるとも思えない。ゲームを進めていけばお金を得ることもそう難しくはないのだろうが、勉強を中断してまでやりたいとは思えなかった。というか、そんなことをしないで済むのであればその時間をすべて勉強に当てたいのである。

逆にもし勉強以外の時間を増やしてしまうと、わざわざこのゲームを買って勉強時間を長くしようとしたことは無駄になってしまうかもしれない。

「解決は無理、かな」

そういう結論に落ち着いた。

警告を知りながらも伊奈野は無視して勉強を繰り返す。実を言うとこの点滅の時点で歩行速度がすでに下がっていたりしたのだが、歩かないので気づくこともない。

そんな中ついにゲージは完全に下がり切り、

「あっ。リスポーン」

伊奈野はあまりじっくり見ていなかったが、ゲージが0になったことで死亡判定となりリスポーン。特にデスペナで所持金や装備品がなくなったり減っていたりするということもなく、ただ強制的に設定後最初にやってきた場所に送り返されただけである。

レベルを含めた色々な要素が重なってデスペナなしということになっているのだが、伊奈野は全く気づくこともない。というか気づいたとしても、勉強に支障が出るデスペナでない限りは気にすることもないだろう。

ただ気づかないものはデスペナの有無だけでなく、ログに
《称号『忘れてはいけない』を獲得しました》

とかいうものが流れて。それと一緒に空腹を満たす食事などもアイテムボックスへ入っていたの

だ。お金を稼がなくてもしばらくは空腹を紛らわすことができるようになっているのである。彼女には気づかないことが多すぎた。

ただ、

「ええと。この腕輪で転移できるんだったかな？　『転移』」

露店の店主から買った腕輪で図書館に転移し、また勉強を再開するだけ。今回初めての使用である。

色々と気づかないことは彼女にとって何の不利益にもならない。リスポーンは多少のロスにはなるが、大きなロスでもないので伊奈野にはあまり気にならないものだった。

「点滅しだしたら難しい問題でもやれば良いかな。場所が変わってくれれば思考も切り換えられるし。難しい問題は一か所で同じように考えてるとドツボにはまっちゃうからね。ちょうどいいかも」

しかも、なんだかポジティブにとらえようとしている始末である。彼女は受験生らしく、根強いにもほどがある何かを持っているのであった。

その後は勉強、休憩、魔女さんへの授業、そして時たまのリスポーンと、その4つを繰り返し。ゲーム内での生活を謳歌（？）していた。

「………なんか、餓死する間隔も長くなってる？　というか点滅するまでの時間も長くなってるよね？」

そうしているうちに、彼女はだんだんと一定時間に餓死する回数が少なくなってきていることに気が付く。よく見てみると、満腹ゲージの減り自体もかなり遅くなっていた。

伊奈野は気づいていないが何度か空腹で死亡することで『飢餓耐性』というスキルを獲得しており、それの影響で餓死するまでの間隔が長くなっているのだ。というかより正確に言えば、満腹ゲージの自然減少速度自体が低下している。

それでも伊奈野は全く空腹への対応をしていないため何度も餓死でリスポーンし、それによりさらに『飢餓耐性』のレベルも上がっている。

つまり、餓死でリスポーンすればするほど彼女の満腹ゲージの減りは遅くなっているのだ。

もちろん、そんなことなど伊奈野は一切気が付いていないが。

「まあ、いちいち転移しなくていいのは楽でいいんだけどさぁ～」

そんな気楽に言う伊奈野は、他の多くのことも一切気が付くことなどない。

自分が持っている高レベルの『飢餓耐性』は、ほかのプレイヤーたちが攻略のために大量の食料品を買っているのと比べるとかなり消費する金額が少なくて済むようになるスキルだということも。

というか、多くのプレイヤーが知れば求めるスキルだということも。

そして、もしこのスキルを上げ切れば、彼女は多くのプレイヤーがうらやむ偉大な力を得るということにも。

「あっ。師匠。これ見てもらってもいいですか？」

「良いですよ」

「これなんですけど、ちょっと分からないところがあって……」

伊奈野が攻略に参加すれば必ずトッププレイヤーのような存在になれる。

しかし彼女はそれに気が付かないまま、勉強と授業を繰り返すのだった。

「あっ。すみません。もうそろそろゲージがなくなる。一回リスポーンしてきますね」

「え？　あっ！………うそ!?　死んじゃった！！？？？？」

途中で魔女さんの前で餓死してしまい非常に心配をかけたりもするのだが、それもご愛嬌というものだろう。

「もぅ！　心配したんですからね!!」

これにより伊奈野は魔女さんに怒られていた。

何の説明もなく突然伊奈野が餓死してリスポーンしたのだから当然である。伊奈野がプレイヤーであることは予想こそしていたが、はっきりと告げられていたわけではないのでもしかすると本当に死んでしまったのではないかと焦っていたのだ。しかも餓死であるから突然のものであり、知らずにいたためなぜ死んだのかも全く理解できなかった。

ＮＰＣはそんな簡単に蘇生できないのだから、そうして焦ることも怒ることも当然である。

「すみません説明していなくて」

「本当ですよ！　完全に死んじゃったのかもしれないと思って焦ったんですからね!?　なんで突然死んじゃうんですか！」

「なんでって、空腹になったからですね。餓死したんです」

「はぁ!?　餓死ってどういうことですか!?　ご飯くらい食べてくださいよ！」

当然のツッコミではある。

だが、伊奈野は少し不満げな様子で、

「えぇ～。別に私はリスポーンすればいいだけですし、餓死に大したデメリットもないので」

「いやいやいや。それでもですよ！　勉強の途中に突然死んだら困るじゃないですか！」

「だいたいゲージが減ってくると赤く点滅するので特に突然で困ることはないですよ。どちらかと言えばいったん頭を切り替えるのに使えていい感じですね」

「なぜいったん死んで頭を切り替えるなんて発想を思いつくんですか⁉　しかも死亡理由が餓死って、頭おかしいんじゃないですか⁉」

「ひどいですね。こんなにも頑張って勉強している私に、頭がおかしいなんて」

「たとえどれだけ勉強していてもおかしい頭はおかしいです！　というか、そういうセリフは勉強の手を止めて私と目を合わせて言ってもらえませんか！　本気で言ってるのか冗談で言ってるのか分からないんですけど！　たぶん雰囲気的に本気で言ってるんですよね⁉」

魔女さんに怒られている間、伊奈野はずっと机に向かって勉強をしていた。平常運転である。

魔女さんにとっては話も聞いてくれないのでさらに怒りが増すところではあるのだが、そこでやっていることが彼女にとってかなり高度なことなので怒るにも怒れない。

というか、どちらかと言えばそうして書いている事柄に興味がわいてしまう魔女さんだった。

「ち、ちなみに今は何をされているんですか？」

だんだんと怒る言葉には覇気がなくなってきて、ついには興味に負け質問をしてしまう魔女さん。

彼女のそういったところは学者らしいと言えば学者らしいのだが、伊奈野に言えないくらいには頭がおかしい……まあ、操っているのはＡＩなので実際の頭などないのだが。

そうして興味に負けた魔女さんの言葉を受けた伊奈野は一切手元から目をそらすことなく質問に答え、

「これですか？　今は生物の勉強ですね。あまりこっちの生物とは関係ないかもしれませんが」

「生物ですか！　知らない生物ならそれはそれで興味があります!!」

「そうなんですか。では次に教えるのは生物にしますね」

「お願いします!!」


さて、こうして先ほどから魔女さんはそこそこの声量で怒ったり喜んだりしているのだが、静かにしろと司書に怒られたりにらまれたりするということはない。図書館という皆のための場所であるにもかかわらずそれが許されているのである。

なぜならここは、

「個室ですし色々使って説明してもらえますから、楽しみです!!」

「ああ。そういえばここのものは使って良いんでしたね。すっかり忘れてました」

ここは個室。

なんと魔女さんは学者の中でもかなり偉い立場の人間であるため、図書館内の個室を使うことができるのだ。ＶＩＰなのである。

そんな魔女さんがいろいろと裏で手を回しているおかげで、伊奈野は個室を使えるようになっている。もちろん魔女さんが自由に出入りできる個室ではあるのだが。

個室には道具もいろいろとあり、ホワイトボードのようなものまで存在する。今まではノートに書きこんで２人でそれをのぞき込むようにしながら教え教わっていたのだが、これからはまさに授業といった形で教えることができるわけだ。

「しかし、色々とものがあるとかいう言葉では許されないくらいこの個室は随分と散らかってますね」

「あ、あはは～。お恥ずかしい。私が研究をするときの調べ物などで使ってまして………」

この部屋は魔女さんが使っていたものであり、部屋の中には今まで使用されていた痕跡がある。というかものが散乱していて、汚いという印象の方が強い。

「私も勉強にほとんどの時間を費やしているので人のことはあまり言えませんが、それでもこれはあんまりだと思います」

「えぇ～。師匠までそんなこと言うんですかぁ～」

「私まで？　ほかの人にも言われることがあるんですか？」

「ここの職員さんからよく言われますぅ～」

「………………」

テヘペロッ！　とする魔女さんに伊奈野はジト目を向ける。

見た目の大人で妖艶な雰囲気とのギャップで、おもわず不覚にも許してしまいそうになったのは内緒だ。

「私の試験が終わったら、片付けは手伝います」

「本当ですか！　ありがとうございます!!」

「まあ1年以上かかるとは思いますけど、気長に待っていてください」

「思ったより長いですね!?　まあ、そこまで片付けしないでいいのは楽でいいんですけど」

「あっ。ご自分で片づけられるならおひとりでやってもらってももちろんかまわな」「むりです!!」

「…………」

伊奈野は本日2度目のジト目を魔女さんに向けるのだった。…………心の中で。

実際の眼は、もうノートに向けられている。彼女の1番優先すべきことは勉強であり、それが揺らぐことはない。

何とも人間性がボロボロな師弟なのであった。

掲示板１

【注意！】チュートリアル注意喚起スレ　Ｐａｒｔ２７【金を使え】

１６６：名無しの文無し
無知な新規連中がまたトラップにかかっているｗ

１６７：名無しの文無し
マジでチュートリアルトラップ過ぎるだろおおおおおおぉぉぉぉぉ！！！！！

１６８：名無しの文無し
ここまでチュートリアルがふざけてるゲームもないよな

１６９：名無しの文無し
まあ新しい世界に来たら文無しなのは当然なんだが
それでも一度所持金を渡して期待を持たせた後に文無しにするのは人の心がないと思う

１７０：名無しの文無し
チュートリアルの流れ
・ギルドに登録（分かる
・アイテムの購入を勧められる（分かる
・Ｊｏｂごとの関連施設に案内される（分かる
・基本的な戦い方を教わる（戦闘職としては分かる
・その辺のレイドボスより強いボスとタイマンさせられる（理不尽過ぎて意味不
・ボスにキルされて所持金が全ロス（ガチギレ

１７１：名無しの文無し
＞＞１６７
どしたｗ？新たな犠牲者か？

１７２：名無しの文無し
＞＞１７０
定期的なまとめ助かる

１７３：名無しの文無し
＞＞１７０
まとめ助かる定期

１７４：名無しの文無し
＞＞１７０
助かる

175：名無しの文無し
>>171
何も購入しなくてもいけるやろって挑んだらキルされて装備すらない状態で所持金0

176：名無しの文無し
>>175
専用の称号あるからいいだろｗ

177：名無しの文無し
>>175
あぁ～『備えあったらよかったのに』

178：名無しの文無し
>>176
>>177
やめろｗ傷をえぐってやるなｗｗｗ

179：名無しの文無し
>>176
>>177
>>178
ネタにしてるけど、実際『備えあったらよかったのに』の効果は悪くないからな
敵の攻撃力と防御力が分かる効果だし、上位ギルドも欲しがってた

180：名無しの文無し
>>179
自前で新しく用意する優秀な新人に取らせればいいだけだからｗ
野良の無一文とかどこも欲しがらねえよｗｗｗ

181：名無しの文無し
結局チュートリアル受ける時には、お金を装備とかロストしない物に変えるのが１番ってことだよな

182：名無しの文無し
>>181
そだな

183：名無しの文無し
>>181
最初の所持金で買うならやっぱり食料だよな

184：名無しの文無し

＞＞１８３
それは草ｗｗｗ

１８５：名無しの文無し
＞＞１８３
ふざけんなｗ食料どんだけ買うつもりだよｗｗｗ

１８６：名無しの文無し
＞＞１８３
ただ満腹ゲージ回復するだけなら１Ｇで食料買えるんだぞ
１０００個買ったら何日分だよｗ

１８７：名無しの文無し
＞＞１８３
それをやるのはＳＰ消費して大技出すタイプのプレイヤーだけだろ
バーサーカーとかももしかしたらありかもしれないけどな

１８８：名無しの文無し
＞＞１８３
食料って言えばあれか？
たまごボーロみたいなやつか？

１８９：名無しの文無し
＞＞１８７
めちゃくちゃ真面目に考えてて草ｗｗｗ

１９０：名無しの文無し
＞＞１８７
もしかしてＳＰ無限回復からのＳＰ消費系スキル連発でボス倒せるとかｗ？

１９１：名無しの文無し
＞＞１８９
あれは回復量少ないんだからいらねえよｗ
１粒で１とかそんくらいだぞ？

【となり】英雄スレ　Ｐａｒｔ１９【空いてますか？】

３３８：名無しの無関係者
英雄８人、もう全員パートナー決まったのか？

３３９：名無しの無関係者

あぁ～今日も姫様が尊い
聖女ちゃんもかわいい
団長はくっころさせたい
勇者は顔面つぶれろ

340：名無しの無関係者
＞＞338
まだ半分分かってない
４人は決まったけど、まだ２人は見つかってすらいないし

341：名無しの無関係者
＞＞338
とりあえず賢者のお姉様がパートナー関連不明
ただ、今のところ弟子入りは全部断られてるっぽい
専用のイベントがある可能性も微レ存

342：名無しの無関係者
＞＞338
＞＞340
姫様の下僕の件があってから発表なくなったからな

343：名無しの無関係者
あっまた図書館で賢者のお姉様発見
なんか焦ってクエスト出してるっぽい？

344：名無しの無関係者
＞＞342
あぁ～姫様の恋人とか言ってたのに実は下僕だったって話なｗ

345：名無しの無関係者
＞＞342
あいつまだ気持ち悪がられてて、下僕なのは変わってないけど姫様に近づくことすら許されてないんだろｗｗｗ
＞＞343
ガタッ！

346：名無しの無関係者
＞＞343
ガタガタッ！

347：名無しの無関係者
＞＞343

ドンガラガッシャーンッ！
そ、それってつまり、パートナークエストの可能性!?
詳細プリーズ!!

３４８：名無しの無関係者
＞＞３４５
＞＞３４６
＞＞３４７
落ち着けお前らｗｗｗ

３４９：名無しの無関係者
とりま詳細な
依頼の内容は蘇生薬（高品質）の納品
報酬に関しては定価の３倍の金額しか書かれてない
しかも期限が３０分間

３５０：名無しの無関係者
＞＞３４９
情報サンクス

３５１：名無しの無関係者
＞＞３４９
蘇生薬で高品質とかトップのやつらじゃねぇと無理だろｗｗｗ

３５２：名無しの無関係者
【悲報】それっぽいクエスト出てきたけど誰も達成できない件

３５３：名無しの無関係者
トップギルドの連中が慌てて何かやってるけどたぶん間に合わないよな

【誰だ】知識チート失敗スレ　Ｐａｒｔ５【確率計算教えたの】

３３：名無しの失敗者
みんな学者に群がって知識を教えようとしたけど、結局同じ考えのやつらが集まって誰が教えるかで喧嘩になって結局どこか知らん奴らにいつの間にか教えられててかっさらわれたってことでＯＫ？

３４：名無しの失敗者
＞＞３３
ＯＫ

３５：名無しの失敗者
　>>３３
　その通り

３６：名無しの失敗者
　>>３３
　この世界の学問を飛躍的に上昇させるって、完璧な計画だと思ったんだけどな

３７：名無しの失敗者
　>>３３
　マジでいろんな所で学者が取り合いになった挙句、結局ほとんどの学者がプレイヤーとの面会拒否してるからな

３８：名無しの失敗者
　>>３３
　〇〇好きには悪い人がいないっていう言葉が嘘だと判明した出来事ｗｗｗ

３９：名無しの失敗者
　>>３３
　でも、結局誰が教えて教わったんだろうな？学会で発表されているとかいうことしか教えてもらえないし

４０：名無しの失敗者
　>>３９
　分かってる内容が幅広いから、かなり前から計画してたやつだと思うんだよな
　数学も化学も初期とは比べ物にならないし

VRGAME DE KORYAKUNADOSEZUNI
BENKYO DAKESHITETARA
DENSETSUNINATTA 1...

２コマ目▶人気と魔法

「はぁ〜」

伊奈野がログインした時、ゲーム内の天気は雨だった、
つまり今日はインドアな行動に適しているのである。絶好の勉強日和だ。

もちろん伊奈野にとっては雨だろうが晴れだろうが雪だろうが台風だろうが天気など関係なくいつでも勉強日和ではあるのだが。

「はあぁぁ〜〜」

そんなある意味いつも通り勉強日和な今日、彼女の解く問題は少しレベルの高いものとなっている。テストの大問4くらいで出てくるような問題が中心だ。

少し先に模試があるため、伊奈野はそれに備えなければならないのである。

ゲーム内でも勉強をしているが、伊奈野は現実で両親たちにゲームのし過ぎで勉強が足りていないのではないかと心配されている。今回の模試で結果を出すことによりその認識を払拭する必要があるというのも彼女が意気込んでいる理由となっていた。

「はああああぁぁぁぁぁぁぁぁぁぁ〜〜〜〜〜〜〜〜〜〜〜」

せっかく見つけたアドバンテージを親から邪魔されるなんて、絶対に避けたいこと。1番応援してくれている人たちから1番の邪魔をされるなんてあってはならないのだ。伊奈野が彼らを恨まないためにも。

そのためには模試の結果は絶対に必要なのである。文句など付けられないような結果が。

「はああ、」

「あっ。もう良いですよ。さすがにそんなにやってたら疲れるでしょ?」

「………師匠、私がこんなにため息ついていたのに無視するなんてひどくないですか?」

「何ですか、その1コールで電話に出ないと怒る面倒くさい恋人みたいな」

伊奈野は手を止め、先ほどまで大きなため息をつくことで彼女の気を引こうとしていた魔女さんに目を向ける。

魔女さんは机に突っ伏しながら不満そうに伊奈野を見ていて、

「ん? 恋人がどうとかはよく分かりませんけど、弟子がため息ついているんですからもっとかまってくれていいと思うんですよね。師匠、ちょっとこの問題に集中したいって言って結局3回分くらい私への授業飛ばしてるじゃないですか。もっと私に時間を割いてくださいよ」

「いや、それは時間ができたときに今なら授業できますよって言っても、魔女さんが今は忙しいから無理って断ったからでしょう」

「そ、それは私だって忙しい時があるんだから仕方ないじゃないですか! 私は師匠の最初に言っていた時間に合わせて予定を立ててるんです!! あと私は魔女さんじゃなくて、」

「あぁ～。今は名前言わないでもらえます? 少しでも覚えることは減らしておきたいので。魔女さんの名前が歴史上の皇帝と混ざっても困りますから。五賢帝の3代皇帝が魔女さんになったらどうしてくれるんですか」

伊奈野はここまで魔女さんの本名を一切聞いていない。

興味がないというわけではないが、少しでも今新しく覚えることは勉強に回したいのだ。ここで

1つ覚えるものを変えるだけで、本番で結果を分ける差をつけられると思っている。ストイック（？）な伊奈野なのだ。

「いや、理不尽すぎません!?　というかせっかくの弟子の名前を他の人と交ぜないでください！こんなに頻繁に会ってるのに忘れるのはひどくないですか!?」

「ひどくないですよ。今、弟子がため息をついている理由を尋ねて愚痴に付き合ってあげようとしていて、こんなにも私は素晴らしくて優しい師匠なのですから。それに忘れるんじゃなくて、交ざるだけです」

伊奈野はあまり表情を変えずに腰に手を当てて胸をはる。自分はなんて優しい師匠なのか、と。

「4回近くため息つかせてからやっと話聞こうとする師匠はそんなに素晴らしくないです!!……まあ、聞いてくれるというなら話しますけどね。聞いてくださいよ師匠。私師匠に弟子入りしてるっていうのに、何か知らない人から最近弟子にしてくれってよくせがまれるんです。もう図書館を正面玄関から入れないくらいで」

「そうなんですか？　魔女さんに弟子入りを……じゃあ弟子を作ったらいいじゃないですか。私とか気にせずに」

「えぇ～。私だってそんなに暇じゃないんですよぉ～」

「それはそうかもしれませんけど、『月1で秘伝書がもらえます。月額30000Gで、3年契約。今なら特別に初月無料』とかにすれば結構なお小遣い稼ぎになると思いませんか？」

「なるとは思いますけどなんか生々しくていやです！　なんですかその夢のない感じの師弟関係

は!?」

「何って、よくある師弟関係ですけど?」

何とも聞きなれたうたい文句を伊奈野が口にする。

弟子入りで初月無料とか言い出すのがまた何とも金儲けしか考えていなそうで頭が痛いものだった。

「これだけじゃ不満というなら、年に1回の握手券もつけますか?」

「さらに師弟関係っぽさ薄れてませんかそれ!………というか師匠は知らないと思いますけど、今って私を探しているという人が図書館を歩き回ってて普通の人はまともにここで本を読むのも難しいんですからね? 周囲の配慮とか考えずに歩き回ってて足音がうるさいですし、話し声もかなり大きいですし」

「うわぁ〜。それは嫌ですね。個室をもらえる魔女さんの権力に感謝しておきます。良いですよね、権力って」

「感謝されるのが私の親切心ではなく権力なのが泣きたくなりますね………まあ、私も権力は大切だと思いますけどね。これで権力だけが残って義務とか責任がなくなればもっと良いんですけど」

「ダメですよ魔女さん。大いなる力には大いなる責任が伴うものなんです」

「なんですかそれ。かっこいいですね。今度私も使ってみます」

この師弟は今日もある意味いつも通りである。

いつの間にか話をする2人は同じように机に向かっていたのだ。弟子もいつの間にか師匠に染まり、人と目を合わせて話をするというのを忘れてしまっていた。

とはいえ魔女さんが受けるのは悪い影響だけでなく、受験のために伊奈野が学んだ知識の多くをすでに伝えられているため飛躍的に研究が進んでいる。それだけでなく魔女さんは学んだ知識を独占せず周囲にも広めているため、この世界の学問も飛躍的に進歩していた。これにより、

《称号『新たな風をもたらして』を獲得しました》

伊奈野は効果がものすごいものを手に入れているが、当然ながら全く気づいていない。


そんなことはありつつも、伊奈野にとってはとくに変化を感じられない日々が何日も続いていった。

「伊奈野、本当に大丈夫なのか？　ほぼ毎日のように何時間もゲームしてるが」

「本当にそうだよ。この前まで頑張ってたじゃん。いい結果も出せてるんだし、そんなに気負わなくてもいいからせめて今まで通りのペースで進めていこうよ」

「いや、ちゃんと勉強してるよ？」

「いや、勉強してると言ったってあんなゲームに時間を使ってると…………」

夏休み前までと違いゲームを長い時間しているため両親から心配されているが、最近ではある意味それもいつも通りのこととなってきている。

が、ある日のこと。

「さぁて。今日も勉強頑張りますか～」

いつも通りヘッドギアを被ってゲームにログインし、伊奈野は図書館へ向かう。

それも、腕輪による転移で、だ。だが、

「このログインが、勉強のスイッチを入れるいい切り替えになって……って、あれ？」

伊奈野は首を傾げた。

いつも通り腕輪を使ったはずだというのに、全く景色が切り替わらないのだ。いつものログイン場所にそのまま放置である。

「転移。転移。転移……あれれ～。おっかしいぞ～」

何度も試してみるが、一向に転移できる気配がなく。使い過ぎて腕輪が壊れてしまったのではないかとまで思えた。思わず腕時計型麻酔銃や蝶ネクタイ型変声機を身に着けている小学生のような声が出てしまう。真実はいつも1つでも解答や解法は1つじゃないというのが受験生の厳しいところだろう。とりあえず何が問題なのか調べるため、腕輪を使い、

「あっ。こっちはでき、た？」

伊奈野は別の場所へと転移をすることにした。

試すために選んだのが、以前この腕輪を買った初期地点近くの露店である。

道を聞くためだけに話しかけたのでログイン地点からかなり近い場所のはずであり、転移距離も短いはずなのだが。

………なのだが、

「え？　ここ、どこ？」

彼女の周りには見覚えのない景色が広がっていた。先ほどまでいた場所から見えていた風景も、以前おばあさんのお店で買い物をしたときに見えた風景も周囲にはない。

ただ、

「おぉ～。こっちまで来たお客さんは初めてだねぇ。いらっしゃい。何か入りようかい？」

「あっ。お久しぶりです」

露店の店主はあの時と変わらず座り込んで露店を開き、伊奈野を見ていた。

伊奈野は反射的に挨拶を返してから、

「………あぁ～すいません。買い物というわけではなく。ちょっとこの腕輪が使えなかったのでいろいろと試してみていたところだったんです」

「ん？　そうなのかい？　それはすまないね。不良品だったわけではないと思うんだけど」

伊奈野の言葉に露店の店主は申し訳なさそうな顔をする。不良品を渡してしまったとあれば商人としてのプライドの面でも罪悪感でもそんな顔にはなるだろう。

「あっ。い、いえ。でもここまで転移できたので不良品ではないと思いますよ？　たぶん。ただ、図書館へ転移できなくて」

申し訳なさそうな顔をされると伊奈野としても心苦しいので慌てて否定する。適当に試すだけのつもりだったし、こんな知らないところにも来るつもりはなかったのだ。

こうして慌てて話した伊奈野の説明を聞き、

「ああ。そういうことかい。図書館は今マナーの悪い人が増えたからっていうので立ち入りに規制をかけてるんだよ。住人の許可がないと入れなくなっててねぇ」

露店の店主から語られる真実。

伊奈野も魔女さんからプレイヤーが騒がしくしているとは聞いていたが、そこまでだとは思っていなかった。彼女が思っていた以上に、プレイヤーたちの民度は低かったようである。

「え？　そうなんですか？」

「そうそう……まあ、そういうことなら話は早いね。ほら、これが許可証だよ」

あまりのプレイヤーたちのひどさに驚く伊奈野へ露店の店主は1枚の金色のプレートを手渡してきた。

それが許可証だというのだが、許可証というにはあまりにも光っているし豪華なデザインである。

「あっ。ありがとうございます。もらっちゃっていいんですか？」

「ああ。かまわないよ。ここまで来れるお客さんだし、お得意様みたいなもんだからねぇ。人柄も話した限りよさそうだし、特別だよ」

「ふふっ。そうですか？　ありがとうございます。お礼に買い物でもしていきたいですけどあれからお金なんて稼いでないので所持金が……ん？　所持金が？」

相手は商人である。

少しでも露店の店主にお返しとして何かしようと思い買い物をしたかったのだが、伊奈野の所持金は初期に持っていた1000Gから腕輪の代金を引いた200G。最初の買い物のときに所持金を知らない状態で紹介された腕輪が安い部類のものなのだろうと考えると、とても買い物ができそうにない金額。

なはずなのだが、

「あ、あれ？　増えてる？」

改めて所持金を見てみると、知らぬ間にその額がとてつもないことになっていた。見間違えたのではないかと思うほどに、桁が増えている。それはもう、

「あの、変な話なのですが知らない間にお金が100倍以上増えていたら私はどうすればいいのでしょうか…………」

「ん〜。それは随分と幸運で不思議なことだねぇ。ただ、そういうことなら私の店で買い物してくしかないんじゃないかい。お、得、意、さ、ん」

「……………そうですね。店主さん、オススメを教えてください」

その後伊奈野は今まで認識していた所持金とは比べ物にならない20000Gとかいうとんでもない金額を払って、露店の店主（以後親しみを込めて店主さん）が持っているという地図を全種類購入したのであった。

ちなみに、前回買った腕輪よりおまけでつけてもらったこの町の地図の方が高額であったと知り

驚愕したという事実があったりなかったりする。

「……………では、失礼しますね」

「あいよぉ。また来ておくれぇ」

購入した後は、しばらくまだ忙しいから買い物に来る機会はあまりないという話をした後すぐに転移を行う。

目的地は、

「……………………あれ？　図書館に行けない？」

「ああ。図書館の受付に許可証を見せてからじゃないと制限は解除されないよ」

「そうなんですね……………お恥ずかしい」

手を振っているのにいつまでたっても転移せず、店主さんからの説明を受けて赤面しながら今度こそ本当に姿を消した。

彼女のログにはある意味いつものごとく気づいていないが、

《称号『大商人のお得意さん』を獲得しました》

というものが。

そんなものに気づかないまま転移した後の伊奈野の前には、

「入れろおおおぉぉぉぉ！！！！！」

「賢者のお姉さまに会わせてええええぇぇぇぇぇ！！！！！」

「こんなの不当だあぁぁぁぁ！！！！！　制限反対！」

「「「「反対！！！」」」」

ただ純粋に不満を叫ぶ人。まるで会えない恋人を求めるように叫ぶ人。そして、デモのように集団でプラカードを掲げて抗議の声をあげる人達。

そんな様々な種類の集団が、図書館の前に集まっていた。

「うわぁ」

思わず伊奈野の口から声が漏れる。

それほどまでにその光景は図書館に似つかわしくなく、人の醜さを表すようなものだった。

彼女とて普段何かしらへの反対運動というものには嫌悪感を抱くことはないが、事前に魔女さんやら店主さんやらから話を聞いていただけに彼らが醜く見えてしまうのだ。

もちろん一方の話だけ、今回の場合はＮＰＣ側の話だけを聞いて判断するというのはよくないことなのだが、それでも思わず偏った情報だけで結論を出し感情が出てきてしまうのも人間の悲しい性《さが》である。

ただ、それはそれとして、

「ここに入るの嫌だなぁ」

伊奈野の感想は至極まっとうな物。ここまで人が怒鳴ったりしている中を通り抜けて図書館になど入りたくはない。誰が感情的になっていたり攻撃的になっていたりする者達に近づきたいだろうか。どちらかと言えば逃げたいくらいだろう。

が、

「やるしかないね。私は、受験生なんだから」

他人を気にしていたら、立ち止まっていたら、そして、諦めたら。受験という戦争に勝つことなどできない。

厚顔無恥だと後ろ指をさされても構わないという覚悟を持ち、彼女は踏み出す。

大きな夢のため、目標のため、彼女は恐れない。

「あっ。すみませ～ん。失礼しま～す」

集まる人の中、ヘコヘコと何度も頭を下げつつ通っていく、

………何も恐れてなどいない！（キリッ！）

そうしてどうにか受付まで辿り着き、

「あの～。すいません。これお願いします」

「ん？　あっ許可証をお持ちなんですね。拝見させて…………って！　ゴールド!?　ど、どどどどうぞお入りください」

伊奈野が見せた許可証に受付は驚くが、すぐに室内へ通される。

受付はゴールドということに驚いていた気がしたが、伊奈野は聞かなかったことにした。絶対にいらない知識が増えて心も乱されて勉強に集中できないと考えたのだ。

だから、渡された許可証が非常に特別な仕様のものであるなんてこれっぽっちも考えたりはしない。それよりも、

「いつもより集中して勉強しないと、このロスは取り返せない!!」

プレイヤーたちを振り返ることもなく個室へ移動した伊奈野は、予想外のことで勉強時間を削られてしまったためいつも以上に気迫のある様子で勉強を行った。失ったもの以上のものを取り返さんとするほどに。

それはもう、

《称号『鬼を纏《まと》いし者』を獲得しました》

というログが出るくらいには。伊奈野の脳の状態を計測していたシステム側が称号を迷わず与えるくらいには強い集中力と気迫だったのである。

ちなみにこれほどの気迫を受けた弟子は怖すぎてしばらく個室に入れなかったりとか、実は少し姿を見た瞬間にちびっていたりとかするが、それは内緒だ。

それ程の気迫と集中力でどうにか伊奈野は立てた予定通りの内容に追いつき、

「ん？　魔女さん、そんな入り口で震えてどうしたんですか？」

「い、いや。ちょっと怖かったというか、思わず漏らし……そ、そんなことよりも、許可証どうしたんですか！　師匠が入れないと思って探し回ったんですよ！」

やっと伊奈野が外界に意識を向けた。

魔女さんは名誉を失いそうなことを口走りそうになったというかほとんど言ってしまったが、それをごまかしつつ許可証のことを尋ねてくる。実際魔女さんにとって伊奈野というのはずっと図書館にこもっているようなタイプの人間関係も含めて閉鎖的な人間であるため、許可証がもらえることは完全に予想外だったのだ。

魔女さんの予想というか予定では、入れない状態で絶望しながら「入らせてよぉぉぉ!!　勉強したいよぉぉぉぉ！！！！！　ふえええぇぇぇぇん！！！！」と泣いている伊奈野に優しく声をかけて許可証を渡すはずだったのだ。完全に予想というより妄想の類である。

「あぁ。許可証ですか？　ちょっと露店をやっている方に縁があったのでその人からもらったんですよ……これです」

「そうなんですか？　私なら普通の人よりも権限のある許可を……ん？　ゴールド？　ちょっと待ってください!?　なんで師匠がそれ持ってるんですか!?」

伊奈野が見せた許可証に魔女さんは驚く。

やはりこの許可証には何かがあるようだしゴールドという部分に魔女さんも反応しているが、伊奈野は無理矢理無視して、

「だから説明したように、露店の店主さんから貰ったんですよ」

「露店の店主………ま、まさか、あの人のお得意様って、師匠？」

「お得意様？………あぁ～店主さん、お得意さんとか言ってましたね。こんなところまで来る客は初めてだとか言ってましたっけ？」

伊奈野の知的好奇心が湧き過ぎないように無視できることは無視するとして、伊奈野は魔女さんの言葉に答えていくわけで、

「………師匠、それはちょっと想定外過ぎます」

「そうなんですか？　すみません」

謝るものの、あまり申し訳ないとも反省しようとも思っていない。それよりも知的好奇心を抑える方に必死だ。

ある程度の権力があることは分かっている魔女さんが驚く程の権力を店主さんも持っているのだから、店主さんもただ露店で商売をしているだけの人ではない。

ただあの露店が儲かっているようにも見えなかったので、あれは副業や仮の姿のようなものだと考えれば………ということを考えるのを抑えているのだ。考えれば考えるほど面白いストーリーが出てきてしまいそうだからこそ、かなり必死である。

「私じゃなければ耐え切れなかったな」

「え？　師匠？　何か言いました？」

「いえ、何も言ってないです」

気を紛らわせるために口にした厨二病臭いセリフを弟子に聞かれそうになって恥ずかしくなる。

このままだと自分が気恥ずかしさでつぶれそうだったのですぐに話題の切り替えを。

「そ、そういえば、私最近餓死してないですね」

「え？　そうなんですか？　まあ餓死する方がおかしいんですけど……では、最近は何か食べるようになったということですよね。私としても師匠の食事代になったのなら授業料を払った甲斐がありましたよ」

「いえ。特にそういうのはないですね。何も食べてないはずですけど餓死しないんです。というか、今もゲージはほぼゼロですし。何で餓死しないんでしょうね？」

「えぇ……？」

切り替えた話がまた何か人間に起きてはいけないもので魔女さんがドン引きしているが実はこれ、とてつもない事だったりする。

伊奈野のログには
《スキル『餓死無効』を獲得しました》

《ユニークスキル『飢えは最高のスパイス』を獲得しました》

というものが流れていたが、もちろん気づくことなどない。

ユニークスキルとかいう上位勢ですらほとんどこういった形で獲得などできていないし、これだけでトップランカーまで狙えそうなものであるというのに、だ。

彼女はまだ誰にも知られぬままその力を所持している。

だが、彼女が伝説の道へと進みだすのはもう間近に迫っていた。世界が彼女を知る日も近い。

「あっ、そうだ師匠。師匠に教わった知識を基にちょっと魔法を作ってみたので良かったら使ってください」

「え？　ああ。はい？」

「その魔法、作ってみたは良いんですけど使いどころが限られるんですよね。強すぎるので。良かったら師匠、使える機会があれば使ってもらえませんか？」

「え、えぇ？　そんな機会ないと思いますけど？　私戦ったりとかしませんし。というか、そんな威力が高すぎて使えない魔法を私に渡さないでくださいよ。何かでミスして使っちゃって街とかが吹き飛んだらどうするんですか」

「ふふふっ。もし間違えても大丈夫ですよ。強いは強いですけど、安全な場所で使えば特に何も起きませんから」

「そ、そうなんですか？」

そしてさらに新しい何かが増えた。すべてが出し切られる日が来るのかどうかは非常に怪しいところである。

ちなみにこの後、

「なんかお金がすごい増えてたんですけど何か知りませんか？」

「あっ。私が授業料を払ったからじゃないですか？」

「授業料!?　なんですかそれ!?…………って、そういえばさっきはスルーしてしまいましたけど餓死の話をした時に言ってた気がしますね。なんで授業料なんて突然払ってるんですか？」

「あははぁ～。この間師匠が言ってた『3年間契約、毎月3000G』みたいな話を聞いて私も授業料払わなきゃな～って思ったんですよ」

「いや、いりませんよ！　私こんなにお金があっても使わないんですからね！　魔女さんが使ってください！」

「いやぁ～。私もお金はあまり使わないので～」

とかいう話をした師弟がいたとか。


「ログイン完了。後は転移を、」

その日、いつも通りに伊奈野はゲームへログインした。そしてそのまま腕輪で転移しようとしたのだが、彼女は気づかぬうちにあるものに触れてしまう。

それが、彼女の前に表示されていた、

《限定イベント『弱者の意地』へ参加しますか？　Yes／No》

という選択肢。

彼女は気づかないままＹｅｓに触れてしまい、望んでいないイベントへと参加することになったのだ。

さて、このイベントなのだが当然ながら目的が存在する。

ゲームのシナリオ的なことを言えば始まりの街の新人プレイヤーたちしかいないところに魔物の群れが襲ってくるというものなのだが、その内容は純粋なレベルが低い者達に向けた効率の良い経験値稼ぎ。

普段より少し経験値量が多い敵が群れになっているので、それと戦うというものとなっている。

これは新人プレイヤーたちが先駆者たちに追いつくための救済策のようなものであり、敵を多く倒せば倒すほど、強い敵を倒せば倒すほど通常では考えられないような多くの経験値が手に入りレベルが急速に上がっていく。もちろん、プレイヤーを倒すことも許可されている。モンスターほど効率が良いわけではないが、対人戦に特化したビルドをしているプレイヤーは積極的にＰＫ《プレイヤーキル》を狙ってくるだろう。

一度キルされてしまうとこのイベントから退場させられてしまうのだが、ＰＳ《プレイスキル》のあるプレイヤーが成長するには適した場所なのである。

「ん？　ここ、どこ？」

ただもちろん伊奈野はそんなことを知らず、見覚えのない景色に首を傾げるばかりだった。

ただ目の前の光景に何となく理解できる部分はあり、

「うおおおおぉぉぉぉぉ！！！！！！」

「剣の錆にしてやるぜぇぇぇぇ！！！！！」

「どけどけどけどけどけぇぇぇぇぇ！！！！！！！！！！　俺に経験値をよこせぇぇぇぇぇ！！！！！」


雄たけびを上げながらモンスターへと群がるプレイヤーたち。

彼らはレベルを上げるため、必死な様子でモンスターに群がっている。あるものはスライムのような弱い魔物なら危険なく倒せると考えひたすら弱いものを狙い、あるものは一発逆転とばかりに大きな獲物を狙い。

そして多くの挑戦者たちは狩るものから狩られるものへと変わり、その姿を消していく。

「ん～。ぇぇと、何？　退出とか書いてあるけど……あぁ～。何かのイベントに巻き込まれたのかな」

伊奈野とてゲームの知識はある。視界の端にあった退出と書かれた文字をタップしてみれば、本当にイベントから退出するのかという確認の文章が現れたのだ。ここまでくれば分かるというものである。

「退出……してもいいけど、そういえば魔女さんから貰ったものがあったね。あれだけ使っとこうかな」

そう呟いて伊奈野がアイテムボックスから取り出すのは、魔法陣の書かれた紙。

少し前に魔女さんから貰ったものであり、魔女さんによると試したことはないがとてつもない威力の魔法であるということらしい。

「えぇと。『サクリファイス』」

伊奈野が魔法名を唱える、紙に書かれた魔法陣が薄く光る。魔法が発動したようだった。

後は効果が現れることを待つだけなのだが、

「じゃあ退出します、と」

伊奈野は魔法の効果が発揮されることを待つなんていうことすらせず、退出ボタンを押してその姿を消した。

後はいつも通り図書館に行って勉強道具を取り出し、

「聞いてくださいよ魔女さん。なんかこういうのに巻き込まれて………」

「………へぇ。そこで魔法を使ってくれたんですね！　どうでした？」

「とりあえず即効性のある何かではなさそうでしたね。そんなに長く見てないのでその後は知らないです」

「あぁ〜。そうですよね………まあとりあえず魔法陣が光って紙が燃えてないのならギミックは正常に動作しているでしょうし、初期段階に異常はないんでしょう」

魔女さんに報告するだけ。やることはそれだけで、気づくことなど何1つないのだ。

《称号『弱者の英雄』を獲得しました》

というログにも、

《称号『大量虐殺者』を獲得しました》

というログにも。

そしてそれ以外にも流れている、大量のキルログやレベルアップログやスキル&称号獲得ログにも。

彼女はそんなこととは露知らず、

「いやぁ～。今日も勉強がはかどりますねぇ」

今日という勉強日和な日をかみしめ、少しも無駄にしないように勉強を進めていく。

伊奈野がイベントフィールドから退出した後。

魔法を使ってすぐに消えた1人の少女のことを気にするものなど誰1人として存在せず、変わらずモンスターとの攻防が繰り返されていた。

モンスターが2、3体倒されれば数名のプレイヤーがどこかで吹き飛び、プレイヤーがキルされればどこかでエリートのようなモンスターが大量の経験値を振りまきながら倒れる。

「このままいけば、レベル100いけるぞ！」

「よっしゃぁぁ！！　トップのやつらをぬかしてやるぜぇ!!」

「気合入れてくぞぉぉぉ！！！」

「あっ！　ちょっと待て今俺のこと狙ったの誰だ！　PK野郎出てこい!!」

中にはPSの高い連携力のあるパーティーなんかもいたりして、着実にレベルアップを重ねていた。

消えていくモンスターの死体の上には、消えきる前に新たな死体が積み重なる。彼らの討伐速度の速さをありありと示していた。

しかし、

「ん？　なんだ？」

「魔法陣、か？」

「誰か変な魔法使ったのか？」

彼らの動きを止めるのは、突如として彼らの足元に現れた魔法陣。

彼らの足元にとはいうがそのサイズは彼らが収まるかどうかというどころではなく、イベントフィールド全体に広がるほどの大きさ。

何かが起きるのは誰しもが理解できたが、ここまでの規模の魔法陣など見たことがなく、誰もが首を傾げた。それから数人が魔法陣の端まで目を向けて見たり、体の不調を確かめたり、ステータスを確認したり。現在の状況を把握しようとする。

そんな中、

「…………ォォォォ」

「ん？」

「こ、声？」

魔法陣から聞こえてくるのは、小さな声。

しかし、それこそがこのフィールドの、ひいてはイベントの崩壊を示していて、

「な、なんか出てくるぞ!?」

「やべぇのがくる！　ボスか!?」

「デ、デカい！　手だけでこのサイズって!?」

魔法陣の中心から少しそれた場所、２か所からひときわ大きな声が上がる。そこには、それぞれ人が何人も乗ることができそうなほど大きな手が現れていた。

もちろんそれだけでは終わらず、その手を地面につけてよじ登るかのようにしてその本体が姿を現した。現してしまった。

「やばいやばいやばいやばいやばいやばい！」

「ふざけんなよ！　なんだあのサイズ!?　あれラスボスか!?」

このイベントで現れる敵の中に、そこそこ大きいモンスターはいた。

それこそ家よりも大きいのではないかと思うほどの巨体を持つドラゴンだっていたのだ。そして
そんなものとも戦い、勝利まで収めたプレイヤーはいる。

だが、そんなドラゴンでも比べ物にならないほどに巨大で、等しく全員に勝利は不可能だと確信させる存在が姿を現した。それは人型の、怪物。

「グオオオオオオオオオォォォォォォ!!!!!!!」

怪物が産声を上げた。

ただそれだけで空気が震え、このフィールドにいるすべての存在の精神を恐怖で染め上げる。システム的な効果によるものなのか、弱いモンスターはそれだけで消滅してしまっていた。プレイヤーたちもキルこそされていないが、足がすくんで誰1人として動くことができない。

だがそれでも、

「何だよあれぇぇぇぇ!!!」

「だ、誰か攻撃しろよ!」

恐怖で震えながらもどうにかその存在が何なのかと疑問を叫ぶ者がいれば、その怪物へと攻撃を仕掛けないのかと声をあげる者もいる。

だが、正体など分かるはずもないし、攻撃を仕掛ける者もいなかった。認識をされれば、死ぬ。

そんな気さえするのだから。

だがしかし、認識されていなくとも、

「ゴォォ………」

「えっ!?」

「こっち来、」

「あ、これ無理で、」

ゆっくりと迫るその巨体から発せられた何か。

それはプレイヤーたちが何かを言う前にプレイヤーたちを飲み込んだ。一瞬にして消え去るプレイヤーたちに、誰しもが等しく理解が追い付いていないといった顔をする。

それから少し遅れて、

「「「ギャアアアアアァァァァァァァァ!?!?!?!?!?!?!?!?」」」

悲鳴が響き渡る。いくつもの声が連鎖し共鳴するように広がっていく。まるでこの空間を悲鳴が埋め尽くしているのではないかと錯覚するほどに。

だがそれには何の意味もなく。

後はただ退出するという選択肢すら忘れてしまったプレイヤーたちと、そもそも退出など不可能なモンスターたちがひたすら蹂躙《じゅうりん》されるだけであった。

フィールドには、怪物以外残るものは何もない。

そんな恐怖の権化のような怪物が突然イベントフィールドに出現した魔法陣から生まれた理由。

それは当然、伊奈野の使った魔法『サクリファイス』である。

イベントフィールドに現れたような怪物を召喚するための魔法なのだが、ただ使うだけでは効果を発揮しない特殊な魔法だ。伊奈野はすぐに効果が現れなかったため何も起きなかったと判断したが、一定の時間が経過した後に効果を発揮する類のものだったのである。

発動条件は、魔法を使用してから一定時間の間に魔法効果範囲内（かなり広い）の中で命が失われること。

魔法名が『生贄《サクリファイス》』なので分かるかも知れないが、ここで消えた命を贄《にえ》にして怪物は召喚されるのだ。

ただ、1人（もしくは1体）がキルされるだけであれほどまでの怪物が出てくることはない。あそこまで巨大でプレイヤーもモンスターも全く歯が立たない凶悪なものが召喚された理由は、召喚までの一定期間にかなり多くの命が消えたから。

モンスターもプレイヤーも、プレイヤーたちが経験値とレベルアップを激しく求めたがゆえに多くの者がキルされて消えた。

だからこそ多くの贄が集まったということになり、伊奈野が知らない間にとんでもない怪物が生まれてしまったわけである。

当然プレイヤーたちはそれに恐怖を覚えた。

そして早急な対策のために動き出す。二度とその恐怖を味わわぬようにするために。そして、もし味わうことがあったとしても大切なものを守り切り、できるのであれば乗り越えるために。

様々な場所でプレイヤーたちは話し合い、果てには海外のプレイヤーまで参加して計画を立てていく。それだけ彼らの怪物へ抱く恐れが大きいということだ。

しかしそんなプレイヤーたち以上に、1番この事態を受けて慌てるのが、

「おい！　なんだあれ!?」

「何と言われましても、英雄設定してある賢者が高度な現代知識を詰め込んで作った魔法ですけ

ど」

「いや、それは分かってんだよ！　でも、そういうことじゃねぇだろ！　あの兵器バンバン作ってるアメリカとか中国とかロシアとかも大概だが、あの魔法はそれの比じゃねぇぞ！　各国のサーバで争わせるとき、あれ使うだけで全部勝てるじゃねぇか!!」

運営である。

このゲームは全世界で発売されているゲームではあるのだが、各国に支部が存在していてデータを管理するサーバも分かれている。

そのため、各国によってＮＰＣのメンバーとその基となるデータは同じでも、成長の先が全く別のものだったりするのだ。そんな要素があるために日本サーバで知識を与えられた賢者という存在が他のサーバを圧倒できる程の力を得たというのは仕方ない事ではあるのだが、同時に少しマズい事でもある。

「他の国も真似するだろうから大丈夫でしょう。あの魔法を求めて各国のプレイヤーは賢者に協力するでしょうし」

「それはそうかもしれねぇけど、各国はほとんど今まで賢者を魔力タンクとして使ってきただろ？　監禁してるところとか薬漬けにしてるところもあるみたいだし、精神的な問題でやる気がないから成長度合いにも差が出る」

「まあそれは致し方ないでしょう。各国にもＮＰＣの大切さがわかるということで」

「ダメだろ。各国のサーバで競わせるとき、接戦で勝つならまだしも日本が魔法１つで圧勝すれば確実に非難されるぞ。他国のプレイヤーも離れてくやつが増えるかもしれない」

「ん～そうなったら本部から叱責されそうですねぇ……ちょっと事情を説明してサーバ間の戦いは延期させてもらった方が良いですかね」

「ああ。すぐ連絡するぞ」

伊奈野の影響で運営はイベントを1つ延期しなければならなくなる。

しかし今回はそれだけで済んだが、将来はどうなるのか。もし今回以上に他国のサーバとの差を広げるようなことが起きてしまったら、いったいどうするのか。今回のことで精いっぱいな運営には、それを考えている余裕などなかった。

時は止まらず、いつでも伊奈野は勉強している《動き続けている》というのに。


とはいってもそんなことを意識しているわけではない伊奈野は、

「ん？　なんだろう？　警告表示？」

イベントから数日。

イベントや魔法のことなど記憶にすらない伊奈野だが、ログイン前、そんな彼女の前には警告文のようなものが出ていた。

「えぇ～と。海外からのプレイヤーが多く来ている状態でありサーバ全体に負荷がかかっている状況となっています。そのため時間の延長倍率が通常の半分以下となってしまう場合がございます。ご了承ください……か」

何故か全く分からないが、海外からのプレイヤーが急増。日本のサーバが重くなっており、その対応のためせっかくの時間が3倍になるという機能が弱くなってしまうことがあるそうなのだ。

「ふぅん。じゃあ、魔女さんと店主さんにだけ話をしておこうかな」

伊奈野はそれだけつぶやくとログインして、すぐに腕輪の力で転移を行う。

重くなっているのは確かなようで、転移の際少し違和感のようなものがあった。だがその普段との細かい違いなどは特に考えず、伊奈野は目的を遂行する。

「あっ。魔女さん」

「ん？　どうかしましたか？　師匠」

「もしかしたら私しばらく来ないかもしれないです」

何気ない感じで告げられる言葉。

それはあまりにも魔女さんにとって、

「……………………………え？」

「じゃ、そういうことで。さすがに何も教えられないのは申しわけないので、私がちょっとずつネット上にデータを移してた受験用のノートを渡しておきますね。また落ち着いたら来ます」

「えっ!?　ちょっ、待っ、」

呼び止めようとしていたが最後まで聞くことなく伊奈野は転移する。

次は、そこまでなじみがあるわけではないが2度目の場所。店主さんの露店だ。

「すみません店主さん。しばらくこっちに来られないかもしれないので、それだけお伝えしておきます」

「ん？　そうなのかい？　まあ分かったよ。何かあるなら、そっちで頑張ってきな」

「はい。ありがとうございます」

魔女さんへのものとはあまりにも違う伊奈野の態度。

だが、これも相手があまり引き留めてはこないだろうと思える店主さんだからこそだ。相手によって態度を変えるのは当たり前である。差別ではなく区別だ。

そんな風に最低限のことを最低限の相手に伝えた伊奈野はこの世界から姿を消す。彼女の求めた力を発揮してくれないこの世界に留まる意味などないのだ。

「さて、じゃあオーストラリアサーバにでも行こうかな」

伊奈野は重くなっている日本サーバから離れ、海外サーバで活動することを決めた。受験を前にして、国になどこだわっている暇はない。

掲示板2

【下僕が】賢者の師匠スレ　Ｐａｒｔ５【やったぞ】

４４５：名無しの犠牲者
＞＞４４４
不吉で草ｗでも幸せかもしれないｗｗｗ

４４６：名無しの犠牲者
＞＞４４２
本当に驚きだよな
まさかあの下僕（笑）が姫様から賢者様の師匠の情報引き出すなんて

４４７：名無しの犠牲者
＞＞４４２
なお、引き出し方は
「マジやばいっすよ。あんな化け物来たら俺死んじゃうっす」
と言って泣きつくことだった模様ｗ

４４８：名無しの犠牲者
下僕のことは兎も角、賢者のお姉さまの師匠はやばいだろ
あの魔法、プレイヤーが使えるってことだろ？

４４９：名無しの犠牲者
＞＞４４７
姫様はかわいそうなものを見る目で
「それ、賢者様のお師匠様のものですよ？」
情報を得る代わりに下僕は恥をかいたｗ
二度と姫にとって下僕以上の存在にはなれなくなったのであったwww

４５０：名無しの犠牲者
賢者のお姉さまと師匠の知識が合わさった結果あの魔法ができたらしい
おかげで現在賢者のお姉さまが大人気で、海外プレイヤーが日本鯖に押し寄せてきてりゅ………

４５１：名無しの犠牲者
＞＞４４８
やばいよな
トッププレイヤー数人が協力して倒せないレベルの力を１人で持ってんだぞ

４５２：名無しの犠牲者
＞＞４４８

その力が欲しくて海外プレイヤーが殺到しているんだよなぁ
あいつら自分たちの国の賢者のお姉さまで試せよって感じだけど

453：名無しの犠牲者
>>450
きてりゅw

454：名無しの犠牲者
>>450
きてりゅなw

455：名無しの犠牲者
>>450
きてりゅ～

456：名無しの犠牲者
>>453
>>454
>>455
煽るなw
どっかの作者はネタなのかミスなのか分からないくらい誤字するんだからなwww

457：名無しの犠牲者
>>450
でも実際、海外プレイヤー多いよな
賢者のお姉さまも絡まれてすごい嫌がったせいでプレイヤーを避けてて、最近姿すら目撃されてないし

458：名無しの犠牲者
>>457
最後に目撃されたのって、図書館から慌てて出ていったときか？

459：名無しの犠牲者
………ここまで賢者のお姉様の情報は出てくることがあっても、師匠に関しては一切の目撃情報がない模様

460：名無しの犠牲者
>>458
いや、その後に分厚い本持って研究室みたいなのに駆け込んでるのが目撃されてる
なんか重要な書物なんじゃないかって考察班は言ってたぞ

461：名無しの犠牲者

＞＞４５９
そうなんだよなぁ～
賢者のお姉さまが見つからないから余計に師匠と接触してても分からないわけで
謎過ぎる

【素敵です】鍵付き　お姉様の妹スレ　Ｐａｒｔ１４４【お姉さま】

１４４：長女（妹）
ということでこれより採決を取ります
賛成の方は『賛成』反対の方は『反対』とだけお書きください

１４５：名無しの妹
反対

１４６：名無しの妹
反対

１４７：名無しの妹
反対

１４８：名無しの妹
賛成

………………………………………………………………………………

３１２：長女（妹）
ここで締め切りとさせていただきます

３１３：名無しの妹
反対

３１４：名無しの妹
反対

３１５：名無しの妹
賛成

３１６：長女（妹）
賛成が２７票
反対が１３１票
反対多数ということで、私たち妹は賢者たるお姉様の師匠を認めないと決定しました！

見つけ次第処分です！

３１７：名無しの妹
反対

３１８：名無しの妹
反対

３１９：名無しの妹
>>３１６
うおおおおおおおおぉぉぉぉぉ！！！！！
処せえええええええ！！！！！！

３２０：名無しの妹
>>３１６
ひゃっはぁぁぁ！！！！！！
祭りじゃ祭りじゃあああぁぁぁぁぁ！！！！！！

３２１：名無しの妹
>>３１３～３１５　>>３１７　>>３１８
締め切り後で草ｗ
乙ｗｗｗ

３２２：名無しの妹
>>３１３～３１５　>>３１７　>>３１８
ギリギリの時間に投票するのってだいぶおかしいし、確実に誰かは投票何回もしてるでしょ
アドレスごとに１票だから何回投票しても無駄なのに

【なんでも】総合スレ　Ｐａｒｔ７９２【ここに】

７９９：名無しのプレイヤー
>>７６５
ゴリゴリのネタ装備じゃねえかｗｗｗ

８００：名無しのプレイヤー
>>７８１
最近過激派多いよなぁ

８０１：名無しのプレイヤー
な、なぁ

海外鯖やばいことになってるぞ

８０２：名無しのプレイヤー
＞＞７９２
俺に勝てると思ってんのか？

８０３：名無しのプレイヤー
や、やばすぎる
海外鯖まずいことになってるって……

８０４：名無しのプレイヤー
海外のやつら成功させたのか!?
なんであれがこんなに大量に居るんだよぉぉぉ！！！！！

８０５：名無しのプレイヤー
＞＞８０１
ん？何があった？

８０６：名無しのプレイヤー
＞＞８０１
海外鯖？海外プレイヤーの話じゃなく？

８０７：名無しのプレイヤー
お前ら絶対海外鯖には行くなよ！
賢者のお姉様の師匠が生み出した化け物が海外鯖で発生してるぞ!!

８０８：名無しのプレイヤー
海外怖～
二度と海外鯖行かんわ

８０９：名無しのプレイヤー
もしかしたら既出かもしれんけど書いとく
海外鯖で例の怪物が発生してるとこがある
その所為でいくつかフィールドに入れなくて初心者が参入できなくなった所があるらしい

VRGAME DE KORYAKUNADOSEZUNI
BENKYO DAKESHITETARA
DENSETSUNINATTA 1...

3コマ目▶海外経験

「あぁ～これで私も死ねるのかしら」

とある海外サーバ。

そこには、どこかで生み出された覚えがある巨大な怪物に近しい何かがいた。初心者用のフィールドを実質的に占拠してしまっている。

そして、そんな怪物の召喚主は、

「賢者と呼ばれる私も、まだまだ知らないことがあったわね……」

賢者と呼ばれる役職に就く、日本サーバでは伊奈野が師匠となっていた魔女さんである。

彼女は今までプレイヤーたちの手により監禁されていた。精神もボロボロにされ、しかし英雄という存在であり不老不死であるからこそいつまでも死ねないまま時を過ごした。

しかしそんな彼女に転機が訪れたのは、どこかの魔女さんの師匠がとんでもない魔法を使ったということで賢者にもう一度目を向けられたときだ。監禁し続け魔力タンクにする以上に有効活用できるのではないかと思われたのである。

「さぁ。私に死を」

魔女さんは大きく腕を広げる。

彼女は長い監禁生活により精神を壊され、ただただ永遠にやってこない死を待ち望むだけの存在となっていた。たとえ今更外に出されたとしてももう彼女の心をプレイヤーが奮い立たせてやることなどできないような、そんな状況。

しかし、そんな中この小さくない希望を抱かせるような知らない術式を見せつけられ、彼女は気づいたのだ。これなら、この術式を使ったのなら自身を殺してくれる存在が生まれるのではないか、と。

「…………さぁ。早く。私に死を」

彼女はプレイヤーをキルした。

最初に監禁へ抵抗するときも大量にキルしたが、その時の彼女はプレイヤーたちのゾンビアタックに負けたのだ。

しかし今回は違う。ひたすら繰り返せば、それを生贄として強力で凶悪な怪物を生み出せる。

彼女の思惑通りフィールドにプレイヤーが踏み入ることさえできなくなるほど強力な怪物が生み出され、彼女よりも強いのではないかと思えるほど強力で絶対的な存在が現れていた。

「…………なのに、なんで」

しかし、大量のプレイヤーを殺害して自身より絶対に強いと確信を持っている怪物を顕現させたにもかかわらず、最後の最後で彼女は失敗する。

「なんで、殺してくれないのよ！」

彼女の召喚した化け物はあらゆる者の命を奪おうとする、それは間違いない。しかし、唯一召喚者だけは襲ってくれないのだ。

どちらかと言えば守るように動いてしまい、その怪物から繰り出される恐ろしい攻撃の前へ彼女が動いたとしてもその瞬間に攻撃は止まる。彼女が怪物による攻撃で命を奪われることは、ない。

「…………死にたい、死にたい死にたい死にたい死にたい死にたい死にたい死にたい死にたい死にたい

死にたい死にたい。殺して、殺してよ」

死がやってこないことに泣き叫び、数日はすべてに絶望し諦めたように過ごした。

しかしそれ以降はひたすらぶつぶつとまとまりのない事や願望をつぶやき続け、ただただ暴れまわる怪物を眺めるだけの生活に変わる。

だがそんな生活もいつかは終わりを迎え、きっと彼女は気づくのだろう。

「私も、あの人に救ってもらった。なら、私も誰かを……」

初心者フィールド以外へ怪物が召喚される日も近いのかもしれない。

だが、彼女の心から死の渇望が消え去ったようには全く見えない。


この『ｎｅｗ　ｗｏｒｌｄ』というゲームは各国にサーバが存在する。

そして、入ろうと思えば他国のサーバへ入ることも可能だった。だからこそ、何故かはわかっていない誰かさんの引き起こした事件のせいで日本サーバはとてつもなく混雑しているわけだが。

そんな様々な世界がある中、伊奈野は使える時間を最大限活用できるように各所の空いているサーバを飛び回り、

「ん？　あれって、魔女さん？」

見覚えのある顔もいくつか見つけた。

彼女を師匠と呼び慕う魔女さんのはず……なのだが、

「おら！　とっとと歩け！」

「遅ぇ！　俺たちの時間無駄にしてんじゃねぇぞ！」

「…………」

汚い言葉がゲーム内の翻訳機能により日本語へ変換されて伊奈野の耳へと届く。フルダイブ型のゲームであり、脳波を読み取る機能があるからこその言葉の真意が聞き手へ直接伝わるのだ。だが、意味は分かってもプレイヤーたちの汚い言葉は彼女の知識にある言語ではないことが分かる。

そしてそんな言葉を向けられているのが伊奈野も見覚えのある顔。魔女さんだった。

プレイヤーたちに囲まれ、暴言を吐かれながらフラフラと歩く彼女。その目は虚ろで覇気がなく、伊奈野の知るような知的好奇心が溢れた姿とは似ても似つかない。

「あんまり良い待遇じゃないのかな」

今までこのサーバの魔女さんがどのような待遇だったのか。どのような役割を担っていたのか。そんなことはいっさい伊奈野には分からない。

しかし、決して良い扱いを受けてこなかったのであろうことは容易に理解できた。

「あんまり気分は良くないかなぁ」

別人であるとはいえ、見た目が親しい人とそこそこに似ている人がひどい扱いを受けているのは決して気分の良いものではない。

伊奈野はなんとなくやるせなさを感じて、

「『サクリファイス』」

効果を知らない。しかし、何かはあるのではないかと思っている魔法。

彼女の弟子であった魔女さんから教えてもらったそれを、伊奈野は使用した。のだが、

「まあ、何も起きないよねぇ」

イベントのときに使ったので分かってはいたが、即効性のある魔法ではない。ただ彼女の手にあまり大きくはない魔法陣が浮かび上がるだけだった。名前から考えて何か生贄でも差し出せば効果がでるのではないかとは彼女も考えているが、具体的に何を生贄にすればいいのかは分からない。それこそ人の命などであれば、このゲームでまともに戦闘などしたことのない彼女には無理な話だ。

今の彼女は魔法陣を浮かび上がらせただけの、誰かから見られれば変人認定間違いなしな人。ただとりあえずそれに何の意味もなかったとしても何かはした。

何もしなかったよりはマシだと自己満足をしつつ、虚ろな目をした悲壮感溢れる魔女さんを無理矢理忘れてしまおうと自分の記憶に蓋をする。

「はぁ～今日も勉強日和だねぇ」

そんな彼女は当然気づかない。

魔女さんが彼女の使おうとした魔法をしっかりと見ていたことも。魔女さんは魔法陣を見れば一瞬で術式を理解することも。魔女さんがその魔法に希望を見出《みいだ》したことも。

そして、

《称号『賢者の救世主』を獲得しました》

知らぬ間にどこかで怪物が生まれ、魔女さんから大きな感謝を寄せられたことも。

ちなみのちなみに、

《称号『賢者の憧れ』を獲得しました》
《称号『賢者の夢』を獲得しました》
《称号『賢者の目標』を獲得しました》

伊奈野に感謝する魔女さんが1人だけではないことも。

そんな何も知らない伊奈野は。

「うぅん。このままだと日本鯖にはしばらく戻れないかなぁ」

などと不満そうに独りつぶやいていた

日本サーバの混雑から約1週間が経過したが、それでもまだまだ収まる気配が見えない。この間に伊奈野は数か国のサーバを飛び回り、自分の知らなかった海外というのも体験した。もちろん、勉強は何よりも優先されて行われたが。

彼女が見たのは苦しむ魔女さんたちだけではなく。

「民族衣装の魔女さんは衝撃的だったなぁ。ドクロまで着けてたし」

とある国の魔女さんは、民族衣装らしきものを身に纏いドクロのアクセサリーを着けていた。つまり、そういう宗教に染まったということである。

魔女さんだけでなく他のＮＰＣやプレイヤーにも同じように民族衣装らしきものを着て似たようなアクセサリーを着けた者が多く、普段遠目に見えるゲーム世界の教会もそういう宗教の建物へと変わっていた。

宗教というものの力と恐ろしさを実感した出来事でもある。

ただ同時にその魔女さん達が幸せそうな顔をしているのを見て、宗教というものの必要性も理解できた出来事となった。伊奈野の価値観からすれば、宗教に染まった魔女さん達の方が数日前に見たボロボロのうつろな目をした魔女さんよりはよほど幸せに生きているように思える。

他にも彼女が見た中には、

「〇〇国万歳！　〇〇党万歳!!」

と言って満面の笑みで万歳していた魔女さんなどもいた。こちらはこちらで別の恐ろしさを感じた伊奈野であった。

ただ、衝撃的で恐怖を覚えることもあったが色々と彼女の幅を広げることにはなる出来事の数々。

「将来は海外で働いてみるのも良いかもなぁ」

伊奈野はもう受験生。だが、まだ受験生だとも言える。

将来を決めるための重要なポイントではあるが、日本でなくても将来は決められる。そう思うとなんだか、

「いっそう勉強に力が入るね！」

……結局受験も大事だよねみたいな思考に数秒もかからず行きつき、また一段と集中して勉強に取り組む伊奈野なのであった。だがそんな彼女には、受験に失敗したらすべてが終わるなどという追い詰められた様子は見られない。

後日。

「あっ。この間の模試、私1位だったみたい」

「『ゲームしてたのに!?』」

「『さすが姉さん』」

模試でいつも以上に優秀な結果を叩きだし、家族から驚愕されることになる伊奈野がいた。ゲームの禁止も回避され、まだまだゲーム内での勉強で力をつけられる。もう彼女を止められる者などどこにもいない。

「魔女さんたちにも1位だったって伝えた方が良いかな？　……………………うぅん。また今度でいっか。今の感じだといつ鯖が落ち着くか分かんないけど」

あと、相変わらず魔女さんの扱いがひどい。

伊奈野はこれ以上誰かにテストの結果を伝えるということもなく、また勉強を繰り返していくのであった。

さて、そんな彼女がゲーム内で勉強する場所といえば、図書館。

ゲーム内にあるそれは、伊奈野にとって非常に大切なものだった。静かで常に開いていて（ゲームの図書館はゲーム内の時間が夜であっても一部開放されている）、簡単な調べ物をするのなら瞬時に行える。さすがに現代科学などの知識は得ることができないが、言葉の意味を調べるくらいはできるのだから。勉強をするのに最適な場所はそこしかないと言ってもいいだろう。

いや、そう言っていいと思っていた。

だが、

「え？　入れない、ですか？」

「はい。申し訳ありません。図書館は現在私たちが調査する対象となっておりまして」

「ほぇ～」

とある国のサーバ。そこでは、賢者が図書館でたびたび確認されたため誰かさんがとてつもないものを生み出したことのきっかけが図書館にあるのではないかと考えた者達がいて、図書館をプレイヤーたちが調査し始めたのだ。

どこかの図書館とは違いＮＰＣが規制を加える前に逆にＮＰＣが図書館からたたき出され、一部のプレイヤーが占拠している状態なのである。

「あんまり大きくはなかったけど銃っぽいのも持ってたし、関わんない方が良いよね……海外怖～」

入り口で伊奈野に規制があることを伝えた人間は、腰に拳銃らしきものをつけていた。見た目もあまりきれいではなく簡単なつくりのものではあると思われるが、あるのとないのとではやはり違う。作れるほど詳しい銃の製法などを知っているのだからどこかしらの大きな組織が関わっていると予想できるし、変なことに巻き込まれないためにも関わらない方が良い。

というか、そういう作り方を知っていてこのゲームに反映させられるということはゲームの運営ともある程度つながりがあるということであり、おそらくどこかしらの国に係る機関なのではないかとも思われる。通常、一般人がもし作り方を知っていてゲーム内だとしても作ってしまえば運営側からどこかしらに通報されるはずなのだから。

一応彼女は知らないがこのゲームにも銃という武器は存在している。ただし、それはもっとファンタジー要素の強い銃なのだ。こんな物理法則に則って作られて物理法則からAIが計算して攻撃として有効だと判断されるほどまでに強い銃というのは外部から持ち込まれたものとしか考えられない。

そんな物を持っている組織へ抗議するなどしてもろくなことにはならないのは容易に想像できるし、諦めて別の場所に行った方が良いだろう。

などと思ってすぐにサーバを移って別の図書館を目指すのだが、

「悪いけど入れねぇぞ」

「ここも、ですか」

次の場所でも。そしてその次の場所でもさらにその次の場所のさらにさらに次の場所でも、伊奈野が回ったサーバはすべて図書館への入館が禁止されていた。

当然禁止しているのは、すべてプレイヤーにである。どこのサーバでも現在図書館の洗い出しが始まっている状況なのだ。

「うへぇ～どうしよ」

予想外の事態に伊奈野は頭を抱える。

10分程度とはいえサーバの移動などで時間を使ってしまったし、勉強時間が短くなってしまったのだ。このままでは彼女が図書館で勉強をするというのも難しくなってしまう。

NPC側からの規制が先に入っているからプレイヤーによる占拠は難しいだろうし、日本サーバでは図書館も使えるかもしれないが、

「ん～。それはなんか負けたみたいで嫌かな」

勝ち負けの話ではないのだが、妥協して時間加速の倍率が低い日本サーバへ移るのは伊奈野としては嫌だった。激しい競争である受験戦争において、最大で効果を出せないという状況は受け入れがたいのである。

ということで日本サーバに行くのは最後の手段だと考え、

「すみません。作業できる静かな場所とかご存じないですか？」

「ん？　静かな場所、ですか？」

NPCだと思われる存在へ話しかける伊奈野。

図書館以外の勉強できる場所を探そうと考えたわけだ。

話しかけたNPCは商人でなかったためいつぞやのような商品を購入して質問するということはしなかったのだが、それでもこのNPCを選んだのには理由があった。

実は現在彼女がいるサーバ、現実世界の宗教（色々と触れると怖いところがあるため仮称X教）がかなり浸透している国（こちらも怖いため仮称X国）のサーバであり、そういう流れに染まった格好をしている人が多いのだ。しかしそんな中、伊奈野が話しかけているNPCは日本サーバで見たNPCの格好とほぼ同じ。だからこそ彼女としても抵抗感なく話しかけられた。

「見た感じあなたはあの宗教の人ではなさそうですし、あの小屋とかいいかもしれませんね。基本的に静かな場所ですから」

「あそこの小屋、ですか？」

「ああ、はい。えぇと小屋の場所はですね……」

NPCから説明を受ける伊奈野。説明は懇切丁寧で、少し複雑なルートではあるが問題なく理解することができた。

そしてその通りに進んでみると、

「あっ、こ、こんにちは！　入信希望者さんですか!?」

「……………………………………は？」

さて。

ここでこのゲームの世界における宗教と言うものに関して説明しておこう。

ゲーム内においては神という存在が実際に存在する（一部の地域では配慮等がされ、名称が別のものになっているところもあるが）。そして、ゲームで基本的に宗教というのは1つしかなく、その実際に存在する神というものを信仰するものなのだ。

ただ、たとえ神という存在が実在したとしても現実世界における宗教の方が強い。それは対抗する相手がいたからこそ存在する宗教勧誘の巧みさなどいろいろな理由があるのだが、今はその理由よりもそれによる結果を考えた方が良いだろう。

現実世界の宗教にＮＰＣたちまでもが改宗してしまうと、当然こちらの宗教は力が弱まり規模は小さくなる。終いにはいわゆる大聖堂のようなものまで奪われた挙句、建物を改宗後の宗教のものへと建て替えられてしまうのだ。

そうしてシンボルのようなそれまでもが奪われてしまえば、ほとんどの信者は離れていってしまう。

「え？　この小屋で勧誘してるんですか？　ここだけの宗教？」

「い、いや。もう1つ拠点にしてるところはありますよ!?　……ま、まあ、昔はもっとたくさんあったのに2つしかなくなってしまいましたけど」

突然の宗教勧誘を行ってきた、伊奈野に胡散臭《うさんくさ》いと判断されて警戒される少女。そんな少女もまた、信者が奪われていき弱体化した宗教の信者であった。豪華でこそないものの質の高い素材が使われているのだろうきれいな修道服のようなものに身を包み、吸い込まれそうな薄い青の瞳を持つにもかかわらず、その瞳が死んだ魚のようになっているのがさらに衝撃を与え哀愁を感じさせる。

突然過去の栄光を懐かしみ遠い目をする少女へさらなる警戒をする伊奈野だが、すぐに思考を切り替える。目的を思い出し、

「あの、私ここで静かに作業ができるって聞いてきたんですけど」

「あっ、そ、そうなんですか。入信希望者じゃないんですね………使っていただくのはかまいませんけど、少しばかりのお気持ちをいただくことになりますが構いませんか?」

「それはかまいませんけど、おいくらくらい?」

「そんな私の口からはとてもとても。あなたのお気持ちで出していただければそれで構いません。1時間1G程度頂ければ……」

「はっきり言っちゃってるじゃないですか……じゃあ。とりあえず1日使うので24Gでお願いします」

一時期は世界中が信仰していた宗教。そんな歴史ある宗教なのだから当然いくつもの宗教的宝物がある。

そういったものがこの小屋にも実は存在したりするのだが、それでもたった1Gで貸し出されることになる。それには苦しい事情があるが、当然伊奈野はそんなものに興味もなければ気づくこともなく、

「じゃあ使うので」

「え、あっ、はい」

支払いを済ませてさっさと小屋へと入って行ってしまう伊奈野。その背中を眺めて、宗教勧誘少女は微妙な顔をするのだった。

この全く信仰心とかない人でも来てくれるだけマシ、とか思うような思考になってしまった自分と落ちぶれた教会に寂しさを覚えながら。

そんな宗教勧誘少女に背中を見送られつつ、伊奈野は小屋の中へと入っていき、

「……おや。こんにちは」

足を踏み入れると、落ち着きのある爽やかな声がかけられた。

声のした方へと目を向けてみれば、そこには宗教関係の人間らしい神聖な雰囲気を感じさせる格好をした男性が。緑の瞳を持つその男性は、特に入ってきた伊奈野に対してマイナスな感情を持っているということはなさそうだ。声の調子や雰囲気から考えると、どちらかと言えば歓迎している風にも見える。

「あっ。こんにちは」

伊奈野も男性へと挨拶を返す。

ただそれだけで会話を終わらせ、伊奈野は席について勉強を始めた。この落ち着いた雰囲気の中でのびのびと勉強を進めていく……つもりだった。

「いやぁ～嬉しいですね。やっと新しい信者の方に来ていただけるとは。最近は皆さん新しい宗教へ移ってしまって寂しかったんですよ。やはり最近の若い方々には我が教の教えのありがたみなど

が…………………………」

ペラペラペラペラペラペラ。伊奈野に不快感を与えるほどに、信心深く話好きなのであろう男はしゃべる。

勉強に集中するためには非常に邪魔だ。

彼女とてさすがに他人が楽し気に話をしているのを邪魔するのはどうかと思う気持ちはあるのだが、

「あの、私ここに来れば静かに作業できるって聞いてきて、お金まで払ったんですけど………」

棘のある、どこまでも冷え切った声と目線。

彼女の目的のため、他人へ配慮などしてはいられない。分かりやすい会話の拒否を男性へと示した。

「あ、ああ。それはすみませんね………」

それを受けた男性は先ほどまでの勢いのあった話を中断して、ひきつった笑みを浮かべながら謝罪の言葉を口にする。

彼もいろいろと人を見てきたのだが、ここまで自分に対して無関心であり、なおかつ1つのことへ取り組もうとする存在は初めてだった。

それはもう、伊奈野のログに、

《スキル『寒冷の瞳1』を獲得しました》

というものが流れるくらいである。相当伊奈野の対応が冷たいことの表れだ。

ただ、相手も宗教関係者であり精神面に関しては生ぬるいものではない。

「いや、良いですね。そういう風に自分の意見を言えるのは素晴らしいことですよ。最近関わってきた若者には…………………」

「……………………」

間接的にうるさいと言われてもなお話し続ける男性。伊奈野はさらなる怒りを覚えるが、それで声を荒らげたり怒りで暴れたりはしない。そんな出禁になる可能性があったり勉強時間が削られたりするようなことはしない。

それよりも、だ。

「…………」

「…………それでですね。やっぱり私は思うのですけれど、この世界というのは、ん？　おやおや、聞いてないのでしょうか？　おーい。もしも～し。無視しないでもらいたいのですが」

ストレスになるものは無視する。その類まれなる受験生として絶対に身に付けておくべき集中力で、完全に無視してしまうのだ。

ながったるい話も聞き流し勉強へと集中。

たとえこの相手に多少の不快感を与えたとしても、生産性がないことをしたくはない。

勉強すら邪魔してくる可能性はあるが、その時はここの管理者のようであった宗教勧誘少女に言いつけてしまえばいいだろう。

この場にいるのだからこの男性は信者の可能性もあるが、たとえ少女が対処を渋ったとしてもこの事実を言いふらすと脅せば伊奈野のために動かざるを得ないはずだ。ここまで小さい宗教なのであれば、悪評を流されるとさらに信者を集めづらくなる。最悪、プレイヤーたちからは害悪として石を投げられかねないと予想されるのだ。

ただ、そこまで考えたものの、

「…………むぅ。仕方がないですね。ここまで集中されているのであれば邪魔をしてしまうのも忍びないですし、私が一方的に話しますか。というか尋常でない威圧感がありますし、これ以上踏み込むのは危険な気もしますね」

伊奈野に対して彼は話をするだけで終わった。話をやめないという選択を取ることはなかったもののの、それだけで終わったのである。

宗教勧誘少女を脅して男性を追い出す必要はなくなったわけだ。

ちなみに、

《スキル『無視1』を獲得しました》

伊奈野は対象を無視するなんていうスキルまで覚えたためゲームシステム的に完全に男性の存在や話を無視することまで可能になっていた。

彼女の集中力は、たとえ周囲がうるさいくらいではほとんど（多少影響はある）関係ないのだ。

そしてさらにその力は、スキルの成長により強化されていく。

「いやぁ～。今日もとても勉強日和ですね」

「いや、急にどうしました!?　それは私がうるさいことに関しての皮肉ですか!?　気づいてるならちゃんと反応してくださいよ！」

伊奈野がぽつりとつぶやいた口癖に、男性は激しく反応する。

だが、伊奈野は一切反応しない。システム的に認識されないようになっているのだから当たり前だ。というより男性は、まだ伊奈野が集中の最高潮には達しておらず圧倒的な威圧感で恐怖を覚えていないだけマシだと言えるだろう。

それよりも、

「教皇様あああああぁぁぁぁぁぁ！！！！！！！！！！」

「わっ!?　ど、どうしました聖女ちゃん、そんな大声を出して」

「どうしたもこうしたもありません！　さっきから小屋の外まで教皇様の声が聞こえてますからね！　教皇ともあろうお方が何をやっているんですか！　信者ではないものの、ここを利用してお金をくださる方がやっと来たんですよ!?　それをそんなうるさい声と長い話で邪魔をしてぇぇ！！！」

「お、落ち着いてください聖女ちゃん。ね？　どちらかと言えば私より聖女ちゃんの方が今うるさいですから」

「はあああぁぁぁ！！？？？？　言うに事欠いて最初に口から出る言葉がそれですか!?　この人こんなに意味わからないほど強い威圧感出すくらいには煩わしく思ってるんですよ！　何故その段階でやめないんですか！　反省されてないんですね教皇様！　それなら、反省できるまで懺悔《ざんげ》室に監禁です！」

「えっ!?　ちょっと待ってくださ……あああぁぁぁぁ！！！！！！！　聖女ちゃんいつの間に腕力なんて鍛えたんですかああぁぁぁ！！！！？？？？？」

伊奈野が宗教勧誘少女と呼んでいた小屋の外にいた存在にまで彼の声は届いていた。

少女に怒られ引きずられていく彼は、強制懺悔というとても素晴らしい扱い《絶望を感じる拷問》を受けてとっても反省させられたという。

そんなやり取りすら完全に無視して全く気づいていない伊奈野は、

「あ～。今日も勉強日和だねぇ」

明るい小屋の中。

図書館が使えなかった遅れをどうにか取り戻したと満足げに額の汗（このゲームにそんな機能はないが）をぬぐうのであった。

それからさらに数分勉強を進めて、

「ふぅ。ちょっと休憩」

ペンを置き、一息つく。

集中が途切れたことで無視のスキルも消えて周囲を知覚できるようになるのだが、

「あれ？　うるさい人が消えてる」

伊奈野が気づくと周囲から人がいなくなっていた。

うるさい人と彼女が名付けた男性もいないし、外を覗いてみても宗教勧誘少女だっていない。周囲から人の気配が一切せず、伊奈野は違和感を覚える。

が、

「……まあ、ここそんなに人気なさそうだし、人がいなくてもおかしくはないかな」

すぐにそう結論づけて違和感の原因を確かめることはしなかった。この奥で行われている懺悔《拷問》に気づくことはない。

それよりも、

「よく見てみると、色々あるね。なんか高そうなものもいっぱいあるし」

彼女は小屋の中を見て回る。

一応この小屋を所有する宗教は歴史も古く世界中に信者が存在した宗教であるため、所有する面積が狭くなればそこへ入る宝物の密度は高くなるのだ。

こんな小屋に置かれてはいるものの、かなり価値のあるものばかりなのである。

当然そんなことに伊奈野は気づかないが、

「宗教的なものだし、あんまり触らない方が良いよね」

伊奈野も宗教の怖さはあいまいだが分かっているし、よりその恐怖はこの海外サーバを回る中で理解できた。

だからこそ触らない。なんか凄そうだな〜くらいの気持ちでそれらを見るだけである。

……ただたとえ見るだけだとしても、ここにあるのは宝の山。当然多少お高いだけの骨とう品を見ている程度ではないため、

《スキル『金の瞳1』を獲得しました》

価値のあるものを見分けられるスキルだって手に入ってしまう。

伊奈野がそれに気が付くことはないが、何かが起きたことはすぐに理解できた。

「小さい宗教のものだけど、こういうのっていくらくらいするのかな。一部では価値を感じる人もいるだろうけど、きっと大半の人がこの程度の宗教の宝物に価値は感じないよね？　…………って、ん？　何か出てきた」

伊奈野の目の前に出てくる文字。

そこには見覚えのある単位と共に、

「17億5000万G？」

そう書いてあった。

それは、伊奈野が価値の気になった宝物の相場である。彼女が手に入れた『金の瞳』というスキルは、物の相場を知ることができるスキルなのだ。

伊奈野はそんな詳しい効果は分からないものの、

「ん〜。なんでそんなことが分かるようになったのかは置いておくとして、それくらいで売れるってことかな？　結構高いね」

最初の所持金が１０００Ｇだったことから考えれば、とてつもない金額であることが分かる。

これを購入するにはかなり長期間稼がなければならないだろうということは分かるわけだ。欲しいかどうかは別の話として。

「ふぅん。この規模の宗教でもこの価値が出るんだ……宗教怖ぁ〜」

伊奈野は何度目か分からない恐怖を感じる。

ただ、そうなりつつも周囲の宝物を１つ１つ見ていってしまうのは伊奈野らしいと言えるかもしれない。彼女の好奇心は多少の恐怖心では止められないのだ。

そうしてしばらく伊奈野が宝物鑑賞をしながら休憩時間を過ごしていると、小屋の奥の扉が開く。

「あっ。宗教勧誘少女ちゃん」

「宗教勧誘少女ちゃん!?」

出てきたのは宗教勧誘少女。さすがに伊奈野も本人の前ではちゃん付けをするようだが（あまりそこは大事ではない）。

つけられたあだ名に驚愕している宗教勧誘少女だが、すぐに気を取り直して、

「そ、それよりも、やっぱり入信に興味がおありですか！　そんなに我が教の財宝を見ているということはそうなんですよね？　ね？」

そうなのだろうと確信した、というより思い込ませているような様子で尋ねてくる。相手によっ

ては押しきれそうなほどの強烈な勢いだ。

しかし伊奈野は当然、

「いや、ないけど？」

バッサリと切り捨てる。

「えぇそんなぁ～」

不満そうな、そしてひどく落ち込んだような顔で肩を落とす宗教勧誘少女。ただそんな様子を見せても伊奈野は全く興味がなさそうに、というか彼女のことなど無視して飾られている宝物を眺めている。

それでも宗教勧誘少女が伊奈野へ入信のメリットなどをめげずに説明していると、

「はぁ～。つらかったです」

奥からまた1人出てくる。どこかその様子と声からは疲労が感じられた。

その姿を見て、

「あっ。うるさい人」

「「うるさい人!?」」

伊奈野の口からつけたあだ名が出てくる。失礼極まりない名前だが、伊奈野の印象に残っている部分は完全にそこなのでそうあだ名がつくのは仕方がないだろう。ただそれを口にしてしまうのは本当に人間性が疑われるが。

そんな名前を付けられたうるさい人も宗教勧誘少女もあまりにもひどいあだ名に驚愕していた。

が、

「ああ。まあ、うるさい人で十分ですね」

宗教勧誘少女は納得してしまう。

それによってもう完全に彼の名前はうるさい人として伊奈野の脳内に刻まれてしまったのであった。

「そ、それはあまりにもひどくないですか!?　私の立場ってかなり高いはずですよね!?」

「ほら。その段階でうるさい」

「それは君たちがひどいからですよ!?」

伊奈野のあだ名をきっかけに2人の話が進んでいく。

すでに自分が話に巻き込まれていないためどうでも良くなってきた伊奈野は、休憩を終わらせました2人を無視して勉強を始めた。

「…………あれ？　あの方、いつの間にか何かを書いていらっしゃるのですが」

「ああ。うん。さっきも私がしゃべってる途中で完全に無視してこんな感じになってましたし、気にしなくてもいいのでは？」

「そうなんですか、ね？　まあそれならそれでいいとして、私思ったんですけど…………」

伊奈野が勉強しているとか何も答えないとか関係なく。2人は伊奈野がそれならそれでいいと自分たちで会話を始めるのだった。

…………それからまた数十分後。

「…………ですから、お金が必要なんです」

「それは分かるんですけど、今の教会の力では……」

伊奈野が気づくと、まだ2人が話をしていた。

うるさい人だけでなく宗教勧誘少女ちゃんまで話が長いのかとげんなりしそうだが、今のところ実害を受けていないのでそこまでストレスは大きくない。微妙に殴り飛ばしたい気持ちに駆られているのは気のせいである。

それよりも、

「いくらくらい必要になるんですか？」

「そうですねぇ。大体20万Gあれば安定すると思うんですけど」

「……あの、すみません」

「「っ!?」」

今まで勉強に集中していた伊奈野が突然話しかけてきて驚く2人。会話に集中していて勉強が終わっていたことに気づかなかったようだ。

そんな2人の様子を伊奈野は無視して、

「ここ、事前にお金払っておけばまた来た時に使えますよね？」

「え、ええ。もちろん前払いでも利用可能ですが」

「こ、この場所を気に入っていただけたのならよかったです」

今、前払いをしておいても構わないという許可を取った。そして、伊奈野の所持金の欄には数えるのも面倒な桁の数字が並んでいる。

ならばすることは、

「とりあえず、30万渡しておきますね」

「「…………………………は？」」

「30万時間。1万2500日ぶんです。よろしくお願いしますね」

「「え、あ、はい？」」

伊奈野は30万Gを渡す。通常プレイヤーが軽々しく渡せるような金額ではないのだが、今の伊奈野にとってゲーム内の金銭というのはあまり重要なものではない。いつの間にか大量のお金を魔女さんから貰っていた伊奈野としては、これくらい渡すのは痛くもかゆくもないのだ。

というか、それだけの資金を支払って得た時間があれば一生困らないだろうという試算である。

ただ、ゲームのログイン制限が8時間からさらに延長されれば、そして時間の加速倍率がもっと大きくなれば、その時間も消費するときが来るかもしれないが。

「あ、あの。ありがとうございます」

「いえ。気にしないでください。私も場所は欲しかったので」

「そ、そうですか………ついでにここが気に入っていただけたのであれば信者にとか」

「ならないですね」

「そうですか…………」

人を無視して勉強したり勧誘に乗ってこなかったりと変なところが多いかと思えば急に金の暴力

を振るってきたため全く伊奈野の真意を理解できず、ひきつった笑顔を浮かべながら礼を述べる宗教勧誘少女。

そして、

「ありがとう！　君は救世主だ！　もしかしたら神が遣わしてくれた天使かもしれない！　ぜひとも我が教の信者に、」

「なりません」

天使かもしれないとか言っておきながら勧誘してくるうるさい人。

しかし、うるさい人などと言われて割とひどい扱いを受けている彼ではあったが、彼の感謝はとてつもない物だった。

この日、他教に浸食されて消滅の危機にあった教会は一瞬にして回復。その後はしばらくつつましくも安定した運営が行われていくことになるのだった。

また、これによる伊奈野の活躍は大きく、

《称号『教会の救世主』を獲得しました》
《称号『教皇の救世主』を獲得しました》
《称号『聖女の救世主』を獲得しました》

彼女の知らないログがまた増えていた。

これの影響はまだ表には出ないが、伊奈野がさらなる影響を生み出す日も近い。

しかし、その日もまたきっと勉強日和なのは間違いないだろう。

「ん～。今日も勉強日和ですね」


さて。ここまで色々と濃い月日を過ごしてきたが、そんな伊奈野がゲームを買ったのは7月の後半。夏休み前のテストが終わった時期だった。

そして今それから1か月ほどが経ち、8月後半。

「まだ混雑してるなぁ」

夏休みも終わりが近づく中、それでも日本サーバはいまだに混雑していた。

だが、

「別に良いけどね。小屋にお金払ってあるし」

伊奈野としてはあまり困ることはない。その間はひたすら宗教勧誘少女とうるさい人がいる小屋に通い続けた。

当然日本サーバにいる魔女さんや店主さんとは会うことがないが、あまり伊奈野はさみしさを感じない。それよりも集中して勉強できることの方が、他の受験生よりもよりたくさんの時間勉強できることの方がよほど大事なのだから。

「ですから、我が神はですね……」

「ですけど、住人の方がおっしゃるのにはそうなっていて、私が考えるに……」

ただ長く勉強するために伊奈野が小屋へと通えば、宗教勧誘少女は何度も伊奈野を勧誘してきて、うるさい人はひたすらだらだらと長い話をする。非常に迷惑だった。

もちろん伊奈野はそれを無視するから何も問題はないのだが。

ちなみに、まれに伊奈野が勉強をしているときに他の信者が来た時もあったのだが、適当に雑談するだけで終わった。伊奈野個人としては、その信者がうるさいわけでも宗教勧誘をしてくるわけでもなくて1番好感が持てたのは言わないお約束だ。

「うう～ん。なかなか手ごわいですね。こんなにいつも勧誘してるのに全く興味を示してくれないじゃないですか」

「当たり前です。私が来たのはそれが目的じゃないんですから」

「ええ～。でも、この神聖な空気に触れて、こう、何かが感化されたりとかは?」

「しないですね。この小さい小屋の中に押し込められた諸々を見ても、あまりありがたみがないです。高そうなものもそれ単体だけじゃなくて見せ方とかって大事なんだなってわかりました。勉強にはなりましたけどそれだけですね」

「ガーン」

がっくりと肩を落とす宗教勧誘少女。

だが、伊奈野はきっぱりと否定したもののその神聖な雰囲気が一切彼女へ影響を与えていないわけではない。

《スキル『神聖魔法1』を獲得しました》

スキルは獲得していた。

当然伊奈野は気が付かないし、伊奈野の精神面への影響は一切ないし、そのスキルを使うこともないのだが。影響を与えていることとその影響に意味があることは全く別の話なのである。

また、そういった宗教勧誘少女との話以外にも、

「………しかし、あなたは一切食事をしないんですね」

「ん？　そうですね。そういえば昔はよくそれで死んでましたけど、今はそういうのもないです。お腹はすごい減ってるみたいなんですけど、全然死なないですよ。面白いですよね」

「ほぅ。それはすごいですね。私と同じ境地にまで至っているのですか」

うるさい人と話す中で、うるさい人も伊奈野と同じように食事が必要なくなっているとも分かった。必要のない情報ではあるのだが、そこからの派生なども色々と教えてもらえたのだ。たまにはいいこと（今の伊奈野にとってもそうなのかは別として）も話すうるさい人なのである。

「その状態を半年ほど過ごすと『飢餓安定』というスキルが手に入ります。他にも、その状態でモンスターを丸呑みすることにより『ゲテモノ食い』が得られたり、酒類を満腹まで飲み続けることで………………」

しばらくは使うことがないが、どこかで使うことがあるかもしれないスキル。伊奈野が受験を終わらせてこのゲームをゲームとして楽しむ日が来るのであれば、使う機会があるかもしれないスキルだ。

「いつになるか分かりませんけど、取れるなら取ってみます」

「ええ。そうしてみてください」

ちなみに、飢餓安定というスキルは半年何も食べないことで得られると説明された。

この世界は現実世界の3倍の速度で進むので、この世界における半年というのは現実世界における2か月。伊奈野が空腹で死ぬことがなくなってから2か月なんて、すぐに過ぎるだろうことが簡単に予想できた。

ただしそれがすぐに過ぎ去るということは、当然1か月もない彼女の夏休みもすぐに過ぎ去るということで、

「あぁ～。明日から学校か」

すぐに夏休み最終日。

まだ明日も8月だというのに夏休みは終わってしまうのだ。どうせなら8月いっぱい勉強したかったなどと思いつつも、宗教勧誘少女に来る時間が変わるということを伝えておく。

そうして彼女の夏休みは終わりを迎えた。

が、すぐに次の日の早朝。

「おはようございます」

「おはようございます？って言ってももう夕方ですよ？」

現実世界では朝6時。ゲームの世界では夜6時。

学校に行かなければならない日だが、伊奈野はその短い朝の時間を使ってゲームの世界へとやってきていた。

「というか、お久しぶりですね。師匠」

「ええ。お久しぶりです。お元気でしたか？」

「元気でしたよ。師匠は…………お元気そうですね。相変わらず人の顔を見ないで勉強してますし」

珍しいことに、今日やってきたのは日本サーバ。

いつもとは入る時間帯が違ったので人の込み具合も違い、伊奈野がよく見たサーバが重くなっているという警告が出ていなかったのだ。

「あとで店主さんにもお話しに行かなければいけません」

「ああ。そうですね。あの人も会いたがっていましたよ。まあ私ほどではなかったですけどね」

「なんでそこで張り合ってるんですか」

久しぶりな魔女さんとの会話に、どこかの小屋の中とは違って話が弾む。

勉強中であるにもかかわらず伊奈野の無視のスキルも発動していなかった。

「師匠は何をされてたんですか…………って、世間話程度に聞こうと思ったんですけど、本当に何やったんですか？　明らかに前とまた雰囲気が変わってますけど？」

「ん？　そうですか？　あれですかね。私、この間のテストで1位とったので余裕が出てるのかもしれません」

「1位とるとそんなに雰囲気変わるんですか!?　なんか神聖な感じがしますよ!?」

「へぇ？　1位が神聖なんて聞いたこともないですけど、もしかしたらそうなのかもしれませんね。なんと言ったって1位ですし」

適当に言う伊奈野。

理由は当然小屋の中で色々とやってそういう称号やスキルを獲得したからなのだが、伊奈野は気づいていないのだからわかるはずもない。

魔女さんは納得がいかないというような顔をしながらも、思い出したことがあるようで話題を変えてきて、

「そういえば、あの本ありがとうございます」

「あの本？　………ああ。私がいない間の勉強用に差し上げたものですか」

「ええ。あれです。学会のメンバーで解いて、許可いただけるのであれば各所の教科書にしようと思っているんですけど」

「…………はい？」

どうやら伊奈野が渡した分厚い本は、魔女さんだけが使うものではなくなっていたらしい。学会というものにどの程度の人数が参加しているのかは分からないが、相当数がすでに伊奈野の作った本を読んでいる。

彼女の受験対策ノートがこの世界の教科書となる日も近い。

「まあかまわないんですけど……」

魔女さんと出版に関する打ち合わせをしていく。

だが伊奈野は本日学校があり時間もないため、あまり魔女さんだけに時間を使うわけにもいかず、

「……それでは、また来ます」

「そうしておくれ。久しぶりに話せて楽しかったよ」

朝の使える時間は短く、とりあえず魔女さんと勉強しながら話をして教科書云々を許可した伊奈野は残り5分くらいの段階で転移。そしてやってくるのは3度目となる場所で、店主さんと話をした。

また物を買った方が良いのかと考えていたのだが、雑談の中で教科書のことを伝えたらそれだけでいいと言われ、

「それは情報屋のやつに使うのに良い情報になるよ。クククッ」

とか言っていた。

伊奈野は店主さんが裏で悪いことをしていないかと少し心配になりつつも、時間がなかったのでなにも言わずに去るのだった。

そうして慌ただしい朝からどうにか勉強を行って現実に戻れば、

「「おはよう。伊奈野」」

「ん。おはよう」

下の階で待っていたのは父と母。

父はエプロンを身に着けてフライパンを揺すっており。母親はせっせと仕事の用意をしていた。

そしてさらにもう1人、

「おはようございます。伊奈野お嬢様」

「あっ。おは〜」

使用人（伊奈野の同級生）もいたのだが、その辺の事情はややこしいので今回は割愛。

その後降りてきたまだ眠そうな弟2人を合わせた家族で食事をとり、

「それでは行ってまいりますわ」

「いってきま〜す」

使用人と共に学校へと向かう。通学方法は電車と徒歩。

伊奈野レベルになると受験ガチ勢なので、

「体積2V圧力4Pの気体を等温変化で………」

「6Vですわ。ではお嬢様。こちらはDNA配列における…………」

登校中もひたすら使用人と問題を出し合う。

こうして他人が出す問題は自分の勉強しているものと全く違う角度から出てきたりするので、非常に重要なのだ。おかげで巻き込まれる使用人の方もあまり勉強はしていないのだが、かなり安定した成績を維持している。

登校後は学校で授業を受けるのだが、すでに伊奈野は予習済みであり無駄な時間と言ってもいいほど。教師の話を適当に聞き流しつつ、教師に集中していないことがばれないように気を付けつつ内職をしていく。

その後の休み時間や昼休みなどもすべて使ってひたすら勉強…………というわけではなく、

「でねでね。この参考書がさぁ～」

「あぁ。分かる！　めっちゃいいよねそれぇ～。私はこないだ教えてもらったチャンネルの物理見てみたんだけど、思ったより分かりやすかったよ。単振動の方程式とかすごい面白かったし～。もうちょっと他のとこも見てみようかと思ってて～」

「え？　マジ？　そんな良かったの？　私も見てみよっかな。塾の生物の先生解説下手だし、他のところで勉強したくてさ～」

「おぉ～。いいじゃん。じゃあこの人とかもお勧めかな。生物ならこの人がいろんな生物の解剖とか削除されない程度にモザイクとかかけつつやってくれてるから」

「解剖!?　いや流石にそれはグロくて無理かも！」

シャンプーのことでも語ってんのかと思うようなテンションで語り合う同級生たちと受験勉強トークをするのだ。

伊奈野の周りは少ないながらもガチ勢がいるのである。

ここで仕入れた情報はとても貴重であり、伊奈野が今後勉強していく上でもかなり役に立つ。実際、今後購入する予定の問題集が数冊増えた。

「帰りに本屋でも寄ろうかな」

「お供しますわ、お嬢様。以前買いたいとおっしゃっていた本のリストも持ってきていますので、そちらもご覧になってくださいまし」

「ありがと～。助かる」

伊奈野はネット注文ではなく、本屋に買いに行く予定である。

「本屋って、出会いがあるからいいよね」

「「「分かるぅ～」」」

新たな出会いが参考書というのもなんだか悲しい話だが、それが受験生の日常であった。

その後は授業と参考書トーク、勉強トークを繰り返し、学校が終われば即本屋へ寄ってから帰宅。

「じゃあ、宿題だけ済ませるよ。その後は私は部屋に戻るから」

「分かりましたわ、お嬢様。私は家事を片づけておきますので」

使用人と共に宿題をし、というかほぼ使用人への授業のようになりながら宿題を終わらせ。それから他の細々とした必要なことも終わらせて、やっと今日2回目の、

「ログイン!」

朝以来のゲームがスタートされる。

今回は人が多いようで日本サーバが重くなっているため、宗教勧誘少女とうるさい人のいるX国サーバを使用する。

「さて、今日もいつも通りの道で行こうかな」

移動手段は徒歩。

腕輪はどうしたのかと思うかもしれないが、装備やアイテムはサーバに固定されるものとなっているためこのサーバでは使用できない。全サーバ共通なのはお金とスキルと称号とレベルだけ。それ以外のバフ効果やNPCとの関係値、アイテムや装備といったキャラデータは一切引き継がれない。

しかしそれらは伊奈野にとってほとんどどうでもいいこと。

腕輪がないと少し不便ではあるが、スキルのおかげで餓死することもなければ何か強い装備や魔法を使いたいわけでもないので問題ない。

ネット上のものを読み込むのにも多少制限はあるが伊奈野には関係ない程度のものなので好きなように持ってきては問題を解いている。

「今日も勉強日和だな～」

「別に良いんですけど、それ毎日言ってませんか？」

「私も毎日聞いてますね。たまには私とのお話日和にはなったりしないんですか？」

「…………」

「無視ですか」

「相変わらずですねぇ。たまには私の神の話を聞くのもいいことだと思うんですけど……」

こうして、空いていれば日本サーバ。混んでいればそれ以外という彼女の基本的な流れはできた。

平日も休日もそれは変わらない。

後はひたすら毎日これを繰り返して勉強をしていくだけだ。何も難しいことはない。

なのだが、次の日の朝。

すぐにその順調な滑り出しがまた止められて、

「あっ。師匠。しばらく図書館利用できなくなるそうです」

「…………えぇ～？」

掲示板3

【2人が】英雄スレ　Ｐａｒｔ１９８【いない】

５６：名無しの無関係者
　＞＞４２
　それやって海外はお姉さまが暴走しただろｗｗｗ

５７：名無しの無関係者
　とりあえず分かってる英雄とそのパートナーのまとめ（定期）
　勇者：斬り込み隊長
　騎士団長：鉄壁の副団長
　姫：下僕
　国王：悪役令嬢
　賢者：師匠
　聖女：狂信者
　残りは英雄がまず不明

５８：名無しの無関係者
　＞＞４７
　だから、非戦闘職だと思うんだよな。

５９：名無しの無関係者
　＞＞４７
　バランス考えれば魔法職か前衛じゃね？

６０：名無しの無関係者
　＞＞５７
　サンクス
　残りの２人本当に謎だよな

６１：名無しの無関係者
　＞＞５７
　まさか聖女様のパートナーが狂信者になるとは思ってなかったな（棒）

６２：名無しの無関係者
　＞＞５７
　例のギルド、英雄のパートナーに３人なってるの凄いよな

６３：名無しの無関係者
　＞＞５７
　悪役令嬢だけが異質ｗｗｗ

下僕？知らんなそんな奴

６４：名無しの無関係者
＞＞６１
いやいや
あいつはリアルの２時間分を教会で祈る時間に充ててたんだぞ？しかも毎日のように
それはもう聖女ちゃんのパートナーにだってなれるだろ

６５：名無しの無関係者
あいつ大手ギルドのトップなくせになんで悪役令嬢なんてやってんだよ……

６６：名無しの無関係者
＞＞６２
ただし斬り込み隊長と鉄壁の副団長は兎も角、悪役令嬢ｗ

６７：名無しの無関係者
＞＞６１
違うそうじゃないｗｗｗ
確かにそこもそうだけど、１番は狂戦士の部分だろ？回復職の癖にスキルすら持ってないはずのメイスで頭カチ割に来る完全なバーサーカーじゃねえか
しかも回復職だから自分で回復できるせいでなかなかキルできない上に地味にメイスの使い方上手くて知らない間にダメージ量がとんでもないことになってんだぞ

６８：名無しの無関係者
＞＞５７
賢者のお姉様の師匠だけがいまだに誰か分かってないんだよなぁ

６９：名無しの無関係者
ちょっと待て
英雄の１人は教皇じゃなかったのか？

７０：名無しの無関係者
＞＞６２
あそこのギルドはＰＳ高い奴しかいないからな
リアルでもすごいやつとかいるし
特にギルマスとか、現実でもかなりの富豪だろ？今、悪役令嬢とか言ってふざけてるけど、このゲームの開発会社の株３０％近く持ってんじゃなかったか？

７１：名無しの無関係者
＞＞６３
でも、英雄でネタ枠いけるってわかったのは収穫だっただろ
他の英雄でもわざわざ隣に立てるほど強い必要もないってことだし

７２：名無しの無関係者
　>>６９
　教皇はＮＰＣが言うだけで、全然目撃とかされてないから実在しないって言われてるぞ
　偶像のトップだって結論で教皇考察スレは落ち着いてた

７３：名無しの無関係者
　あぁ～
　俺も英雄のパートナーになって無双してぇ～
　今のパーティーから無能だって言われて追放された後にまだ発見されてない英雄から拾われて真の力が覚醒してくれないかなぁ～
　帰って来いと言われてももう遅い！俺は最高の仲間たちと一緒に最強になります！とかやりて～

７４：名無しの無関係者
　>>７３
　草ｗｗｗ

７５：名無しの無関係者
　>>７３
　典型的な真の力とか持ってない無能の言いそうなことで草ｗ

７６：名無しの無関係者
　>>７３
　やめろｗｗｗ
　それは真の力じゃなくてただ英雄からもらった力だろうがｗ

７７：名無しの無関係者
　>>７３
　真の力が覚醒して英雄のパートナー（下僕 or 奴隷）になれたらいいな!!

【誰だ】知識チート失敗スレ　Ｐａｒｔ７８【教科書作ったの】

６３９：名無しの失敗者
　つまり、競い合って分厚い教科書作ってたのに、いつの間にか皆が作ってた物よりも分かりやすい教科書が学会で配布されてたってことでＯＫ？

６４０：名無しの失敗者
　>>６３９
　おｋ

６４１：名無しの失敗者
＞＞６３９
肯定

６４２：名無しの失敗者
＞＞６３９
要するにそういうことだ

６４３：名無しの失敗者
結局教科書なんて誰が作ったんだ？

６４４：名無しの失敗者
＞＞６４３
知らぬ

６４５：名無しの失敗者
＞＞６４３
知らねぇ

６４６：名無しの失敗者
＞＞６４３
知るわけないだろ

６４７：名無しの失敗者
せっかく学者ＮＰＣにプレイヤーを認めさせる機会だったのに………
ことごとくつぶされるぜ

６４８：名無しの失敗者
教科書、分かりやすすぎて辛いんだよな
俺たちの努力が無駄だったみたいで嫌になる
まさか本職か？

【見つけた】チュートリアル注意喚起スレ　Ｐａｒｔ２２７【最適解】

３７８：名無しの文無し
つまり、あの露店で買い物をするのが最適解だ!!

３７９：名無しの文無し
露店で買えるアイテムのおすすめリスト
・亡者のツボ（デスペナによるアイテム＆所持金の減少率を低下）
・ランダムスキルスクロール（ランダムでスキルが獲得できる。たまにレアスキルも手

に入るから金が余ったら買うべき）
・修羅の拳（スキル。無手での戦闘時自身の攻撃力２倍の代わりに被ダメ２倍）
・クイックチェンジ（スキル。スロットに武器をセットしておくことで武器の持ち換えが瞬時にできるようになる。修羅の拳と組み合わせて、攻撃時だけ無手にしてそれ以外では武器を持つことで有効な戦い方ができるようになる）
・各種武器（特にダメージ反射の能力がついてるものはボス戦中今までで１番ダメージを与えるのに成功した武器だから、ボス倒しに行くなら絶対買うべき）
・開戦の雄叫び（スキル。戦闘開始時に叫ぶことで周囲を威圧して行動を停止させる。チュートリアルでもあまり意味はないしＰＴ組んでるとＰＴメンバーまで威圧効果食らうｋｓ仕様だが、通常ボスやフィールドボスにも効果がある。将来のことを考えればオススメ）

３８０：名無しの文無し
露店の出現時間が、新規アバター作ってフィールドに降り立ってから５分っていうのがつらいよな

３８１：名無しの文無し
露店で買った武器マジで強い
初期ボスから６体くらいはずっとこの武器で行ける

３８２：名無しの文無し
>>３７９
ぐぅ有能

３８３：名無しの文無し
>>３７９
各種武器類から呪い付きは外してくれ
マジで呪われた武器辛い無理オワコン

３８４：名無しの文無し
>>３７９
修羅クイックかなり使える
ＰＳ高ければトッププレイヤーも愛用するレベルの組み合わせだと思う

３８５：名無しの文無し
>>３７９
亡者のツボ買ってチュートリアルボスに殺されてきたけど、ツボ買うのに１０００Ｇ使ったから所持金なくて何の意味もなかったｗ

３８６：名無しの文無し
露店。５分以外でも使えればいいのに

３８７：名無しの文無し
＞＞３８１
初期ボス（チュートリアルは含まない）ｗ

３８８：名無しの文無し
＞＞３７９
そこまでオススメまとめてもいまだにｋｓ狼は倒せない

３８９：名無しの文無し
露店の店員って、人によって見かけ違うの不思議

３９０：名無しの文無し
＞＞３８０
プレイヤー同士で金銭の受け渡しができるようになるまで絶対５分以上かかるもんな
おかげで買い占めできない

３９１：名無しの文無し
＞＞３８５
草ｗ
キルされるのなんてチュートリアルくらいだし本末転倒だろｗｗｗ

VRGAME DE KORYAKUNADOSEZUNI
BENKYO DAKESHITETARA
DENSETSUNINATTA 1...

4コマ目▶弟子（2人目）と会議

朝、日本サーバで勉強している最中魔女さんから衝撃的な事実が告げられた。

「図書館使えなくなるんですか？」

「はい。そうなんです。何度か図書館へ入る許可証がないのに無理矢理突破しようとしてくる人がいたり、襲撃があったりして。防衛体制を変更するために司書がしばらくこの図書館を閉めたいと言い出しまして」

「そうなんですか………それなら仕方がないですね」

襲撃まで受けているというのなら伊奈野は図書館の一時的な閉鎖は受け入れるしかない。利用を諦めるしかないのだ。

ただ、サーバを変えれば好きに使える場所があるのでそちらを使えばいいわけだし、

「……ん？」

「どうかされましたか？　師匠」

「いえ、わざわざそんな手順を踏まなくてもいいのではないかと思っただけです」

「…………………ほぇ？」

よく分かっていないような表情で魔女さんが首をかしげる。

しかし、それを伊奈野は無視。図書館から出て、伊奈野は覚えている場所まで向かって行くことにした。

「ちょ、ちょっと待ってください師匠！　ついていきます！」

「ん。そうですか。どうぞ」

伊奈野は歩いていたので、魔女さんは見失うこともなく走って追いかけることができる。追いついてきた後は2人でともに歩きつつ、伊奈野の目指す先へと向かって行くのだった。

そうして2人が向かった先にあるのは、

「…………え？　ここ、ですか？」

「ええ。ここですよ」

目の前にある建物に驚愕した表情を見せる魔女さん。

だが、伊奈野はその驚きを気にせずに目の前の建物。X国サーバでよく使っている小屋の扉をノックした。

「はいはぁ～い」

ノックへの反応が小屋の中から帰ってくる。その声に聞き覚えがあり伊奈野は少し嫌な気分になりつつも、扉が開くのを待つ。

数秒もしないうちにその扉は開かれるのだが、その扉から現れるのは、

「何の御用で………って、あれ？　久しい顔ですね」

「ええ。久しぶりね。こんなところにいたなんて知らなかったわ」

うるさい人。なのだが、どうやら魔女さんとうるさい人は知り合いだったようでお互いの顔を見て驚いている。思わぬ再会というものだろう。

魔女さんも普段伊奈野の前で弟子として使っている敬語が消え、素のしゃべり方が出るくらいには親しい仲のようだ。

このまま放っておけば2人が思い出話に花を咲かせるのかもしれないが、

「すみません。この小屋借りたいんですけど良いですか？」

その空気をぶった切って自分の要求を通すのが我らが伊奈野である。

困惑した顔をうるさい人は見せながらも、

「え？　あ、ああ。別にこんなところでよければ貸すのはかまいませんけど。どうやらあなたは教会に貢献してくださった方みたいですし」

許可が下りる。ここで初めて伊奈野は、

（あっ。うるさい人ってこの小屋使える許可出せるくらいの人だったんだ!?）

ということを知る。ずっと伊奈野の中のうるさい人は、もう仕事も辞めてやることがなくなったから小さな宗教の教会のような場所でやってくる人々に長話を仕掛けてくる面倒なだけの人だったのだ。

そんな新たな発見と驚きがありつつも、

「あっ。じゃあ失礼します。とりあえずこれ、利用料です」

「え？　お、おぉ？　お布施として受け取っておきます、ね？」

部屋を貸すということを日本サーバの教会ではやっていなかったのでうるさい人は困惑する。が、それでも教会への寄付だと納得《無理矢理誤解》して伊奈野から料金を受け取った。

伊奈野は教科書として学会で配られたものの印税なんかがいつの間にか魔女さんから送られてきていてさらに所持金が増えていたので、数万G払ったところで痛くもかゆくもない。

料金を払えばあとはいつも通りの動きで机に向かい勉強を始める。今まで使っていた小屋とは違うサーバの小屋なのでその前にいろいろと説明も必要なのだが、伊奈野はあまりにもなじみ過ぎた流れだったのですっかり説明なんて忘れていた。

そして、そのままいつものように集中して周囲を完全に無視しだしてしまったので、

「え、えぇと。賢者。事情の説明をお願いしてもよろしいでしょうか？」

「もちろんよ。教皇………とはいっても、私だってそこの師匠についてきただけなのよね。なんで師匠がこの場所を知ってたのかとか、そういうことは一切知らないわ」

「そ、そうなのですか？　そういう話を今までも聞いたこともなかったので？」

「ええ。なかったわ。というか、数日前まで師匠どこかに行ってて会えなかったし」

「な、なるほど。そうなのですか」

こいつマジで何なんだよ、という目でうるさい人から見られる伊奈野。

だがもちろんそれに気づくことはないし、ただただ彼女の解くべき問題を解いていくだけである。

いつもと何も変わらない。

……………ただ、いつもと違いがあったとすればここに宗教勧誘少女がいないこと。魔女さんが伊奈野を師匠として認めていたこと。そして、うるさい人にとって伊奈野が不思議で気になる人物であるということで、

「………こ、これは!?」

「ん？　何かあったの？」

「あったどころではありませんよ！　これは、確実に我が教に必要な……」

Ｘ国サーバのうるさい人は普段、伊奈野に話をするばかりで伊奈野の行動に細かく関心を向けてくることはなかった。

しかし、その普段の伊奈野が関わるうるさい人とは色々と違った。

「……ふぅ。終わりましたね」

伊奈野がペンを置いたとき、
その瞬間に、

「私も、弟子にしていただけないでしょうか！」

「……はぁ？」

弟子にしてほしい。そんな願いとともに伊奈野へ頭を下げるうるさい人。

「……なぜに？」

「あなたが先ほどから書かれているその話に非常に興味があるからです。現在少しずつですが他教に信者を奪われている状況ですので、ここから争うには他教の歴史を知る必要があるかと思いまして」

思わずつぶやいた伊奈野の独り言に、うるさい人は律義に答えてくれる。そのおかげで伊奈野は理解できた。

「なるほど。宗教史に興味がおありなんですね」

「はい。その通りです」

今伊奈野は世界史の勉強をしていた。だからこそ、心が惹かれたのだということを。

今までも世界史を勉強したことはあったが、小屋へ行って最初の方にはやらなかったし勉強する頻度もほかの教科に比べると低い。

だからこそ今までのうるさい人にはあまりそういったお願いをされなかったのであり、

「うぅ～ん。私の10分間の休憩時間だけであれば教えますよ」

「本当ですか!?」

伊奈野は教えるのはかまわないと考える。理由は魔女さんへ勉強を今まで教えてきたのと同じように、自分のためにもなると思えるから。

が、

「ちょ、ちょっと待ってください！　師匠の弟子は私ですよ！」

そこに待ったをかけるのは魔女さん。師匠と呼ぶ伊奈野を渡さないとばかりに後ろに回って軽く抱き着き、うるさい人をにらむ。

その様子にうるさい人は苦笑しつつ、

「奪うわけではありませんよ。私が弟弟子であなたが姉弟子。それでいいではありませんか」

「……むぅ」

説得しようとするが、魔女さんは不満げな顔のまま。

ただそれはそうだろう。なにせ、

「師匠があなたに授業をしていたら私への授業が減るじゃないですか！」

「そ、それを言われてしまいますと……」

うるさい人へ伊奈野が休憩時間を使えば、その分魔女さんに使う時間が減ってしまう。それは伊奈野から学びたい魔女さんにとって避けたいことだった。うるさい人と魔女さんでは興味のある分野も違うし、同じ話で2人に授業ができるわけでもない。

が、それを聞いた伊奈野は、

「魔女さん。それはとりあえず渡したあれを覚えてから言ってください。私の理系知識はほとんどそこに詰まってますから」

「うっ！」

伊奈野の言葉に、痛い所を突かれたと苦い表情をする魔女さん。彼女もまだ教科書となった分厚い物の中身を覚えきれてはいないのだ。

だがそれも当たり前だろう。受験生が今まで何年もかけて覚えた知識を、専門職の人間だからって短い期間ですべて覚えられてもらっては困る。

まだまだ魔女さんが伊奈野に教わる以前の状態でいるのは間違いないようだった。

「ということで、魔女さんはそれをやっていてください。質問はどこかのタイミングで受け付けます。うるさい人も今度テキストを渡すので以降はそれを使ってください」

「は、はい…………ん？」

「分かりました…………え？」

伊奈野の的確な言葉。師匠として正しい姿を見せられているだろう。

だが、弟子2人は違和感を覚え、

「「うるさい人?」」

「あっ。こっちのうるさい人はまだそこまでうるさくなかったんでしたね………でも使い分けるのも面倒なのでうるさい人でお願いします」

「え? は、はぁ?」

伊奈野は普段通りに言ってしまったが、まだ日本サーバのうるさい人は自身をうるさい人と呼ばれたことがない。伊奈野はそれに気づいていろいろと理由を説明したり別の名前を考えたりする必要があるかと思ったが、面倒なのでやめた。もちろん、本名を聞くのは勉強のどの部分と被るか分かったものではないのでありえない。それに、うるさい人だけ本名を聞いてそれで呼び始めたら魔女さんが確実に不満を持ち怒るだろう。

うるさい人もそれでいくと言われればこれから師事する予定の相手なので強くも言えず、黙るしかない。

「ちょっ。あなた師匠に何やったのよ」

「さ、さぁ? 何かした記憶もないですし、今日が初対面のはずなのですが…………もしかすると、次元の狭間の先にいる、別の世界の私に会ったとか?」

「あぁ。あれを封印した先にいるあなたじゃないあなたってことね。それなら納得できるわ」

弟子2人は困惑するも、他サーバが存在していることは共に認知しているのでそう考えることで納得した。決して今のうるさい人がうるさいからという結論には至らないのである。

「さぁ。時間は限られてますし早速説明にいきますよ」

「は、はい。よろしくお願いいたします」

魔女さんとうるさい人たちの考察は完全に無視して授業を始める伊奈野。

ここで教えられた知識で、うるさい人がこの世界の宗教争いで他のサーバと比べてかなりうまく立ち回れるようになるのは簡単に予想できる未来だった。

もちろん、伊奈野はそんな予想を一切しないが。

ただ、

《ワールドアナウンスです。ただいま日本サーバにおいて全英雄がパートナーを持ちました。これにより本シナリオ、『英雄たる所以《ゆえん》』が開始されます》

「…………………ん？」

気づいてないにしても。

《称号『教皇の師』を獲得しました》

というログにも、他の様々なことに気づいていないにしても、そのアナウンスははっきりと聞こえた。

「え？　何？」

困惑する伊奈野。しかし、それを説明してくれる者は誰一人として存在しなかった。

彼女のさらなる伝説が築かれる日も近い。


ワールドアナウンス。それは各国のサーバにいるすべてのプレイヤーに届く音声だった。そのため、伊奈野以外のプレイヤーにも当然ながら届いている。ただそんなアナウンスが届いてきたのは初めてのことであり、存在を知っていたプレイヤーも非常にごくわずか。誰も予想なんてしていなかったし、存在を知っていようと知っていまいと驚く要素はふんだんに含まれているアナウンスとなっていた。

これによる影響と混乱は大きく、

「え？　バグか？　本シナリオが始まったんだが？」

「ま、まだ大したイベントもやってないんですけど？　なんでこんな段階で本シナリオが始まるんですか？」

「知らねぇよ！　とりあえず本部に連絡だ！」

「うっす！」

運営にまで影響を与えることになる。

特に日本における運営は、自分たちの管理するサーバでの条件クリアが原因だとわかっているため行動も早く、

「おい。このプレイヤー、例の賢者の師匠ポジじゃねぇかよ」

「うげっ。本当ですね。賢者と大商人と教皇のパートナーになってます」

「あいつ最近までX国サーバにいなかったか？　なんで日本サーバに戻ってきたらすぐに英雄とのつながり作れるんだよ！」

「両方ともかなり条件は難しくしていたはずなんですけどね。大商人はまず一定の友好度を獲得してからオススメを聞いて腕輪を購入してさらに大商人の露店を指定して転移しなければ会えないはずですし、教皇はそれこそ教会を大幅に弱体化させて教会の所有する土地と物件を減らさない限り居場所すらつかめないはずなんですけど」

騒動の原因であるとあるプレイヤーの情報はすぐに集まった。難易度が異常なほどまでに高いキャラクターとの邂逅《かいこう》を実現させたプレイヤーの。

ただそうするといろいろな疑問が浮かんでくるのだが、

「うわぁ。大商人は一発でクリアしてますよ。初日にすでにつながり作られてました」

「嘘だろ!?　初日はあり得ないだろ！　なんだそのバケモン!?　あり得ないと思って確認してなかったのはうかつだったか……教皇の方は最近までX国に行ってたから弱った教会をすでに知識として持ってたみたいだな。X国サーバで場所を割り出してから日本サーバに知識持ち込んできたわけか」

「…………ハッキングして情報見られてんのかと思いましたけど、そういう形跡もないですからね。というか今までの行動をＡＩに解析させましたけど、全部意図せずにやってるみたいですよ。このプレイヤーの目的のために行動する途中で起きた偶然みたいです」

「マジか。偶然であの２人のパートナーとかどんな豪運なんだよ…………………胃がいてぇ」

不正があったわけでもなく、ただただ偶然に何度テストしても発見されなかったものが発見されてしまった。今更流れてしまったワールドアナウンスをなかったことにするわけにもいかず、運営側はイベントのために動き回ることになるのだった。

さらにその後も同じプレイヤーに引っ搔き回されるとは夢にも思わず。


運営が対処に追われる中。

ワールドアナウンスが流されてから数日たっても変わらずいつも通り伊奈野は勉強を進めていた。

特にワールドアナウンスが自分と関わっているなどとは思いもせず、すでにその存在もほとんど記憶から消えかかったりしている。

そんな中、

「師匠」

「ん？　どうしました魔女さん」

「実は今度会議がありまして、師匠にも参加していただけないかと思いまして」

会議。

なんやかんや色々あって《本シナリオで発生した重要なイベントにより》始まる会議なのだが、かなり重要な会議だ。

英雄と呼ばれる8人のNPC。そしてそれらのパートナーであるプレイヤーが集まり、今後起こる問題に対して話し合うもの、

会議の様子は運営の公式チャンネルでライブ配信され、そこに出れば一躍有名人になること間違いなしなのだが、

「あっ。無理です。そんなに時間取れません」

「で、ですよねぇ」

お断りである。

会議なんて時間のかかりそうなもの、勉強時間を確保したい伊奈野には全く微塵も興味がなかった。

魔女さんの後は、

「お嬢ちゃん」

「ん？　店主さんじゃないですか。こんなところに来るなんて珍しいですね」

「そうだねぇ。今日は嬢ちゃんが会議に出ないかと思って御誘いに来たのさ」

「あぁ～。魔女さんもそんなこと言ってましたね。ごめんなさい。私は不参加でお願いします」

「はいはい。お嬢ちゃんはそう言うと思ってたし構わないよ」

店主さんも来たがこちらも断り、

「師匠」

「…………………」

「師匠？」

「………………」

「あのぉ。師匠。お話を聞いていただけませんか？」

「………………………………」

「随分と集中されていらっしゃるみたいですね。邪魔するわけにもいきませんし……まあ、あの2人からは不参加だって聞きましたし私が言っても同じでしょう。聞いてないでしょうけど、不参加ということにしておきますね」

うるさい人に至っては伊奈野に気づかれすらしなかった。海外サーバのうるさい人と違って勉強などの邪魔もしていないというのに不憫である。

伊奈野の『無視』というスキルの対象にうるさい人が入ってしまっていたことが原因なのだが、これは海外サーバで初めてうるさい人と出会った日からそうなので今のうるさい人にはどうしようもない。

とりあえず、伊奈野の会議への不参加が決まったのだった。

「……ん？　誰か来てたのかな？　さっきと窓の開き具合が違う」

うるさい人が不参加と決めてから数十分後。やっと顔をあげた伊奈野は、違和感を感じた。今使用している小屋へ誰かが入ってきた形跡がある。

ただそれ以上のものを感じることはなく、

「ん～。まあ、特に書置きとかもないということは大したことではないよね」

大したことではないと断ぜられるが、実際の内容は割と大事な会議の出欠確認。これを聞けばプレイヤーや運営など大勢がブチギレそうな発言ではあるが、誰も聞いていなかったので問題はない。

「さて。うるさい人のための宗教史のまとめもそろそろ終わらせないとなぁ～。宗教関係は面倒くさいから間違えられないし、しっかりと確認取りながら書かないと」

自分で勉強するならまだしも、他人に見せるのに宗教関係を間違えるわけにはいかない。伊奈野にとってはよく分からない会議よりも、そちらの方がよほど大事なことであった。


そんな風に伊奈野から一切の興味を示されなかった、とある場所で行われるとある会議。

それは運営により公にライブ配信されているのだが、

「それではこれより会議を行う。まずは司会として我、国王が此度の会議を取り仕切らせてもらう。此度の出席者は我を含む英雄８人全員。そして、我がパートナーにして悪役令嬢。我が娘のパートナーにして下僕。聖女のパートナーにして狂信者。勇者のパートナーにして切り込み隊長。騎士団長のパートナーにして鉄壁の副団長。以上合計13名となる」

「ん？　待ってくださいまし。そこの3人のパートナーはどうなってますの？」

「賢者、教皇、そして大商人の3名のパートナーは欠席となっている」

「へぇ？」

悪役令嬢と呼ばれるプレイヤーの1人は国王の説明を聞き意地の悪そうな笑みを浮かべた。

それを見た同じギルドに所属する切り込み隊長と鉄壁の副団長と呼ばれる2人がこめかみを押さえるのだが、彼女は止まらない。

「あなたたちのパートナーはその程度なんですの？　この重要な会議にも参加できないような腰抜けとは、たかが知れてますわね。これだから下民は嫌なのですわ」

心底馬鹿にしたような言葉。

これは彼女の本心というよりも、ロールによるものが大きい。彼女は今、悪役令嬢という役割を最大限に楽しんで嫌味を言っているのだ。

が、

「あぁ。申し訳ないわね。私の師匠はこういうのに一切興味ないのよ」

「ですねぇ。私の師は時間の無駄だと判断されるでしょう。というか、実際そう判断されたからこその欠席なわけですし」

「カカカッ。私のお得意様はこんな会議眼中にないからねぇ」

煽りなど大して気にした様子もなく。というか、どこか憐れんだり楽しんだりするような様子の英雄3人。

「なぁ!?」

そこまではっきりと言われてしまえば悪役令嬢と呼ばれる彼女も言葉を失う。

この本シナリオと言われる運営が用意した世界中で共通に起こっているイベント。それを、興味がない価値がないと判断できるような図太い神経を持った人間がいるというのだ。

それはつまり、この会議がライブ配信されているのを見ている数千万人に対しても価値のない時間を過ごしていると言っているようなもの（ちなみに本人は一言もそんなことは言っていないし、思ってもいない）。

「…………随分と、骨がある下民ですのね」

何とか言葉を絞り出した悪役令嬢だったが、その姿は誰が見ても敗北者だった。

この後ＳＮＳでは『#悪役令嬢断罪』『#悪役令嬢は敗北者じゃけぇ』というのがトレンド入りするが、首も飛んでいないし平民にもなっていないし国外追放にもされていないし海賊でもない。

ただ、その３人のパートナーとやらに興味がわいただけであった。

そしてそんな会議でそんなことが起きているなど露知らず。その時間の伊奈野は、

「すぅぅぅすぅぅぅすぅぅ…………………」

静かな寝息を立てながら寝ていた。

この日は様々な人が見ることができるようにという理由で夜に会議が行われていたため、伊奈野はすでに就寝していたのであった。記憶の定着には睡眠も大切ということで、７時間は毎日睡眠時間を確保しているのである。おかげで健康な伊奈野なのであった。

次の日。

朝、伊奈野はログインしてきて、

「「あっ。師匠おはようございます」」

「おはようございます魔女さん。うるさい人。昨日だか一昨日だかが会議だったんでしたっけ？」

「そうなんですよ！　色々と決まったんですけど………師匠は興味ありませんよね？」

「あんまり興味ないですねぇ………ここと図書館の利用に関係ありますか？」

「いえ。まったく関係ないです。私たちの戦いの話が主だったので」

「そうですか。じゃあ結構です」

会議で何があったのかすら聞くこともなく。いつものように勉強を進める。どこか話したそうな雰囲気を弟子2人が出していたにもかかわらず、だ。

これを見た弟子2人は、やはり伊奈野は他の人間と格が違うということを感じるのであった。

「…………あっ。そうそう。うるさい人」

「うるさ………あっ。私のことでしたね。どうかされましたか？」

「昨日………ではなく、資料を先日まとめ終わったのでお渡ししておきますね」

「あっ、ありがとうございます」

まだ自身がうるさい人であることになじめていないうるさい人は、伊奈野からこれまた分厚い資料を受け取る。簡単にまとめられた時系列順の出来事や、関連する出来事。そしてそれらを覚えるためのさまざまな形式の問題と答え。

それらが宗教史だけの内容であるにもかかわらずびっしりと詰まっており、資料は下手な教科書の何倍も分厚いものとなっていた。

「うぅん。これは教会の宝物にすべきですね」

「いや、それは師匠から貰ったものであって神から貰ったものじゃないでしょ。何言ってるのよ」

「しかし、神の教えを広めるためには必要なものですからね……まあ冗談ですけど」

色々と大丈夫なのかと心配になる会話をする弟子2人を横目に、伊奈野はその渡した宗教史の資料と現在学会で教科書として使われている資料とさらにその他の諸々の勉強に必要なデータが合体された下手をすると本棚に入らないくらいの分厚さの本をパラパラとめくっていた。

「「……え？　なんですかそれ!?」」

自分たちの貰ったものでも十分な厚さがあったため伊奈野からはほとんどの学びを得たのではないかと浅いことを思っていた2人は、その分厚さに絶句し、侮っていた自分を戒めるのであった。

ちなみにこれにより、

《称号『英雄ですら届かぬ者』を獲得しました》

また何かログが流れていたが伊奈野は気が付かない。

そうして気づかなかった伊奈野はログアウト後の会話にて、

「おふぁようがじゃいましゅ。おじょーしゃま」

「ん？　おはよう。そんなに眠そうなの珍しいね。どうしたの？」

「ふぁ～………ちょっとゲームをしてて寝るのが遅くなってしまったんですの」

「そうなの？　息抜きも大事だけど、ちゃんと時間は管理しなよ？　寝ないと身長も伸びないっていうし」

「っ！　こ、このまま145．4cmで終わるなんて嫌ですし心得ておりますわ………………あの3人のパートナーの方が有意義な選択をしていましたのね（ボソッ）」


さて、そんな風にイベントが始まることになったのだが、いや、なったからというべきだろうか。1番初めに英雄のパートナーが揃った日本サーバは、また一段とにぎやかさを取り戻していた。

つまりどういうことかと言えば、

「あぁ～。今日も行けないじゃん」

なのである。

人が多ければサーバへ負荷がかかり、時間加速の倍率が減少してしまう。時間を最大限使いたい伊奈野にしてみれば受け入れがたい状況だった。こうなると、

「また海外サーバ生活かなぁ」

伊奈野が初めてうるさい人と出会ったサーバ。そして、宗教勧誘少女とも知り合いとなったサー

バ。つまりX国サーバへまた行くことになるのである。

とはいってもかなりの頻度で訪れているため何も変わらず小屋へ行き、2、3言を交わして、

「あっそうそう。今度会議があるんですよ」

「え？　こっちでもなんですか？」

「こっちでも？………あっ、もしかして他の世界でも会議してるんですか？」

「そうですね。ちなみにそこから私へのお誘いに話が進むのであれば答えはノーですね」

「なるほど。了解です！」

こちらのサーバでも会議が行われるということが分かった。

ただどこであろうと伊奈野が参加することなどない。

「逆に宗教勧誘少女ちゃんとうるさい人が出席する方が驚きです」

「え？　なんでですか？」

「だって、周りは他教の、しかもX教の人ばかりですよ？　邪険にされるのが目に見えてるじゃないですか」

「あぁ～。確かにそうですね」

伊奈野は自分を受け入れられないとわかっているような会議に参加したくなどない。そんなものに参加するくらいなら今のように勉強をしていたほうがよほど有意義である（邪険にされなくても勉強をするのは言わないお約束だ）。

ただ、そんな言葉を受けても宗教勧誘少女は、

「だからこそ行くんです！　私たちの力を、そして存在を示して、少しでも信者を取り戻すのが目標です！　あと、平和的な関係の構築も!!」

「おぉ～。難しいでしょうけど、夢が大きくていいですねぇ」

宗教勧誘少女はここで存在感を示すのだと意気込んでいるわけだ。このままかすんで消えてしまわないようにするために。

口には出していないがうるさい人の方もどこか真剣な雰囲気を出していて、かなりの覚悟を持っていることが分かる。

「ということで、入信しませんか！　今ならビッグウェーブに乗れるチャンスですよ！」

「お断りします」

「ガーン」

伊奈野もそこまで心配していなかった。

うるさい人はうるさいし宗教勧誘少女は至るところで宗教勧誘をしてくるが、頭は悪くない。立ち回りを間違えることもないだろうと思われたのだ。

だが、

「ひぃいいいいぃぃぃぃぃぃいん！！！　人が怖いですぅぅぅ！！！！！」

「ダメですね。このままですと、神は人を見放されるでしょう………」

「………あっ。失敗したんですね」

現実では翌日。ゲームの時間では数日後。

伊奈野がログインして小屋に入ってみれば2人は恐怖し絶望した様子だった。

「会議で何があったんですか?」

「それが、実はほぼ全員から石を投げられまして」

「幸いなことに私の結界を破るほどではなかったのですが………」

さらっと結界を張ったとか言う宗教勧誘少女だが、伊奈野はあえてそれに触れない。

まあ聖職者っぽいしそれくらいできるでしょというゲームの役職的思考で無理やり自分を納得させたのだ。

ただ良い事なのか悪い事なのかその無理矢理な納得は気にならないくらい、

「そこまでの扱いだったということは、今度ここに他の人が襲撃してくる可能性もあるということですか?」

「そうなんですよね。ここがもしバレたのなら襲撃が待っていると思われます」

恐ろしい話が出た。

伊奈野としては、このままそれを放置してこの勉強できるスペースというのがなくなってしまっても困る。

「………仕方がないですね。お二方とも、ちょっとお勉強しましょうか」

「「お勉強?」」

伊奈野は宗教関係になど関わりたくはない。

だが、勉強のためにはそうも言ってられない状況なのだ。

「ではこれから、毒物の化学反応に関する授業を行います」

「「…………………………は？」」

突然の伊奈野の発言に困惑する2人。だが最近そんな反応が多くて慣れてしまったため、伊奈野は今まで以上にそれを無視して解説を始める。

毒物に関して学校で深く学んだわけではは当然ないが、それでも有毒であり危険だと書いてあるものは沢山見てきた。

「まずは一酸化窒素。これは光と炭化水素があれば連鎖的に反応して二酸化窒素と行き来し、有害なオゾンを発生させてくれます。とはいっても即死させられるわけではないので…………」

地球上で環境問題の原因（酸性雨や光化学スモッグ等）となっている反応を気にした様子もなく教え、さらにその内容のひどさを加速させながら授業とは言えない何かが進んでいく。

聞く方もさすがに鬱憤《うっぷん》がたまっていたり思うところがあったりするようで、多少非人道的な話でもこの状況をどうにかできるならと熱心に聞き始めた。

「その材料なら………」

「いけますね。もし何かが起きたときのために仕掛けておいた方が良いかもしれないです」

その伊奈野が教えた知識が活きる日はすぐにやってくる。X教の行動は早く、数日後、予想通りのことが起きて、

《称号『禁忌の生みの親』を獲得しました》

というログが流れることになるのだが、伊奈野は当然気づかない。


「……第1部隊壊滅しました！」

「第2部隊と連絡が取れません！」

「そうか。敵の拠点は発見できたのか？」

「いえ。道路上に罠が仕掛けられていたようでして」

「何の成果も、得られませんでした！」

「くぅ。おのれ邪教徒共ぉぉぉぉぉぉ！！！！！」

現実世界の最新式の銃に比べれば圧倒的に見た目も性能も劣るものの、決して素人が作ったわけではないのだろうことが分かる大きな銃。でかでかとX教のシンボルが入った帽子をかぶり軍人風の格好をしたプレイヤーがそんな銃を強く握りしめ叫ぶ。

「ふむ。これが通信機というものですか」

「みたいですね。簡単な結界で覆うだけでこちらの音が届かないのですから、対処も楽なものです」

通信機を通して響く声。

それを聞きながら、宗教色の強い服を着た２人の男女が会話を交わす。その周囲には視界を閉ざすほどの濃い煙が立ち込めていて、その下に倒れている人間が大勢。

「それでは、やりましょうか」

「はい。この一酸化炭素？　でしたっけ。すごいですね。簡単に出せるのに、殺さずに体の自由だけを奪えるなんていうものがあるとは知りませんでした」

「ええ。さすがは救世主様です」

周囲に倒れている者は、発生した煙を吸い込み一酸化炭素中毒となって倒れた者達。

一酸化炭素中毒で即死するようなことはあまりないのだが、低酸素状態となり体の自由が利かなくなってしまう。動けない者達に行えることは少ないわけであり、

「いやぁ。久々にこの宝物を使う日が来ましたね」

「ええ。どのような神なのかは知りませんが、あなたたちがあなたたちの神のために行ったのであろう努力は、我らが神のため奪わせていただきます」

取り出されるのは、普段倉庫のようになっている小屋で放置されている装飾の施された小さい箱。

宝石も埋め込まれていて見た目が少し豪華であり芸術性も高いように見える……が、こんなところにまで持ち出してきたのだから当然それだけではなく、

「は？　全員、レベルが1になっているだと!?」

「はい。それだけでなく、いくつかのスキルも消滅しているようです」

「な、なんということだ。恐ろしい。さすがは穢れた邪教なだけはあるな」

一酸化炭素中毒で転がされて小箱の効果を受けた者達。

彼らはキルもされずに放置されたためすぐにログアウトして指定地点から復帰したのだが、なぜか全員レベルが1にまで戻っていたのだ。それなりに長い時間をかけてレベルを上げてきたものもいるため、その衝撃は大きく、

「くっ。仕方がない。今回の襲撃は中止だ。計画を変更し、次のイベントの後にミサイルで周辺一帯を吹き飛ばすことにする。良いな？」

「了解いたしました」

「…………やってくれたな邪教徒共。次こそは必ずその穢れた存在をこの世から抹消して見せる」

どこかで強い恨みを買い。

流石にここまですれば刺激してこなくなるだろうという甘い考えの基、さらなる過激な襲撃が計画されているなどとは思わない男女は、

「この作戦、かなり効果的でしたけど怖いですね」

「はい。このガスマスク？　というので本来は対策するらしいですけど、これは私が結界で空気の通り道をふさいだら簡単に使えなくなってしまいましたから。今のところ対策のしようがないかもしれないですね」

「…………救世主様には申し訳ないですけど、これは神に願い禁忌として指定してもらった方が良いかもしれませんね」

「ですねぇ」

掲示板4

【英雄】本シナリオスレ　Ｐａｒｔ１７５【そろった】

１３４：名無しのモブ
　海外では大商人と教皇が弱いながらも関係を築けるようになった、と

１３５：名無しのモブ
　会議以降色々と英雄がしてくれるのマジで助かる

１３６：名無しのモブ
　＞＞１１８
　みんな修羅クイックできるようになったからな
　最初じゃなくても大商人から商品買えるの大きい
　俺も大商人知らずに暫く進めてて後戻りできなかったからマジで助かってる

１３７：名無しのモブ
　教皇が出てきてから教会の動き変わったよな
　今まであった新興宗教が急につぶれたぞ

１３８：名無しのモブ
　海外との差大きすぎ
　大商人の商品のラインナップが圧倒的に良い

１３９：名無しのモブ
　海外鯖でいろいろと試してるけど、全然大商人と仲良くなれねえ
　教皇に至っては発見すらできねえし

１４０：名無しのモブ
　イベントの参加時刻いつにするか悩むよな

１４１：名無しのモブ
　＞＞１２４
　ローテーションとしては、初日の初めは切り込み隊長
　途中から鉄壁の副団長が加わって、切り込み隊長はログアウトして休憩
　今度は悪役令嬢が参加して副団長が休憩
　そしたら悪役令嬢が休憩になってまた切り込み隊長が参加っていうのを２日間ひたすら繰り返すらしい
　交代の時間はどうしてもロスが出るからそこを一般プレイヤーが大勢参加することで乗り越える予定だ

１４２：名無しのモブ

＞＞１２２
賢者のお姉様と教皇と大商人のパートナーは本当に何も決まってない
参加するのかすら不明

１４３：名無しのモブ
あぁ～今日も妨害しようとしてしょっ引かれる海外プレイヤーが多いぜぇ

１４４：名無しのモブ
海外で１番早く会議したのはアメリカか？
シナリオが始まって特別に出てきた大商人と教皇、すぐに捕まえてたよな

１４５：名無しのモブ
＞＞１３４
お情けレベルで簡単になってるから、そのぶん力は日本鯖のに比べて低いけどな
特に大商人は商品の値段が高いし種類は少ないし

１４６：名無しのモブ
＞＞１２１
最強はロキだろ？
決闘イベで出した次元斬レベチだったから

１４７：名無しのモブ
＞＞１３３
あそこの国の会議ひどかったよな
賢者のお姉様がパートナーも全員消し飛ばしたし

【修羅クイック】チュートリアル注意喚起スレ　Ｐａｒｔ２３５【やるぞ】

２７６：名無しの小金持ち
ふぅぅぅぅ！！！！
最初の数分以外も使えるようになるのマジででけぇぇぇぇぇ！！！！！

２７７：名無しの文無し
もうちょっと早く気づいていればできたのにぃぃぃぃ！！！
……………いや、新しくやり直せばいいのか

２７８：名無しの小金持ち
大商人がいつでも使えるようになったから、多少チュートリアル受けるのに余裕が出たよな
多少金増やしてから挑めるし、これは間違いなくあのｋｓ犬攻略が進む!!

２７９：名無しの文無し
　一応報告しておく
　安定してＨＰ２割まで削れるようになった
　構成は、格闘家で修羅クイック使いつつちょっと増やした金で食料買った

２８０：名無しの文無し
　よっし！４分の１!!
　ランダムで自爆魔とかいうの引いたから根性とＨＰ回復ポーション大量購入で行ってみた

２８１：名無しの小金持ち
　>>２７９
　修羅クイックを格闘家で底上げしつつＳＰ消費系スキルと持久戦のために食料購入ってことか
　修羅クイックで持久戦しつつしかもその合間に食事できるのって相当な技術だとは思うけど、極めたらめちゃくちゃ強そう

２８２：名無しの文無し
　>>２７９
　２割を安定して出せるのはすげぇな～
　めちゃくちゃ努力が必要なのはわかるけど、情報サンクス
　俺も頑張ってみる

　>>２８０
　ふぁっ!?４分の１!?

２８３：名無しの文無し
　>>２８０
　レア職の力だろ？
　自分の力みたいに言うんじゃねえよ

２８４：名無しの文無し
　>>２８０
　はいはいレア職自慢乙

２８５：名無しの文無し
　>>２８０
　レア職のおかげではあると思うけど、それでもそんだけの結果を出せる方法を考えたお前はすごいよ

２８６：名無しの文無し
　>>２８０

自爆とか考えたことなかった
ちょっと参考にさせてもらうわ

287：名無しの文無し
\>>286
自爆を参考にすんなよ
いったい何をするつもりなんだｗｗｗ

288：名無しの文無し
\>>286
そういってチュートリアルへ挑んでいった彼の姿をその後見た者はいない

289：名無しの文無し
\>>288
やめてやれｗｗｗ

【バグ？】システムの不思議　Ｐａｒｔ980【仕様？】

21：名無しの相談者
質問です
海外で賢者のパートナーだった人たちがいつの間にか称号が消えてパートナーじゃなくなっていると言ってました
本当ですか？

22：名無しの回答者
\>>21
あっ。質問来た
それ本当らしいよ
証拠のスクショもあったし

23：ベテラン回答者
\>21
詳しいことは捜査中
だが、ほぼ確実
そう言っている全員のサーバで賢者のお姉様が初心者エリアを占拠しているから関連している可能性も指摘されている
また、それ以外の国では賢者様が例の化け物を召喚していないため何かしらの感情（占拠したのは占拠したなりの理由がある）があの化け物を生み出す魔法のトリガーになっているのではないかといううわさもある

24：名無しの回答者

もう全部言われた
ベテランさんなんでそんなこと知ってんだよ

２５：名無しの相談者
＞＞２３
さすがコテハン持ち
格が違う

【師匠】鍵付き　お姉様の妹スレ　Ｐａｒｔ７８８【許さぬ】

５：長女（妹）
ということでこれより採決を取ります
賛成の方は『賛成』反対の方は『反対』とだけお書きください

６：名無しの妹
賛成

７：名無しの妹
賛成

８：名無しの妹
賛成

９：名無しの妹
賛成

…………………………………………………………………………

３０１：長女（妹）
ここで締め切りとさせていただきます

３０２：長女（妹）
賛成が２９０票
反対が０票
賛成多数ということで、私たち妹は賢者たるお姉様の師匠を地獄の底まで追い詰めると決定しました！
見つけ次第処分、及びこのスレへ書き込みです！

３０３：名無しの妹
＞＞３０２
どこに隠れているのか知らんが、今回こそは……

304：名無しの妹
>>302
会議に参加せずお姉様に恥をかかせるなどパートナー足りえません
今回こそは必ず………

305：名無しの妹
>>302
血祭りだ！確実に血祭りにあげてやる!!
総員武器を持てぇぇ！！！

VRGAME DE KORYAKUNADOSEZUNI
BENKYO DAKESHITETARA
DENSETSUNINATTA 1...

5コマ目▶イベント参加

自身の教えた知識が禁忌に指定されていることなど全く知らない伊奈野。

そんな彼女は、

「申し訳ありません！　今日は早く寝させていただきますわ！　でもあと、２日間くらい不規則な生活を送らせていただきますわ！」

「あっうん。どうぞ。大丈夫？　体調悪いの？」

「いえ。ちょっとゲームをしたいのですわ！」

「あぁ～…………まあ、ほどほどにね？」

「はい！　心得ておりますわ！」

なんて会話が現実世界で行われて。

興奮した様子で自室へ戻り早くから睡眠をとろうとする使用人（同級生）を伊奈野は見送った。

「大丈夫かな？　瑠季《るき》ねぇも受験なのに」

「こないだも朝眠そうにしてたしね。依存症になってないと良いんだけど」

使用人が去った後、そんな弟たちの会話も伊奈野の隣で行われている。ただ、伊奈野も元々ゲームは好きなので気持ちは分からないこともないのであった。

（みんなが勉強してる中自分だけゲームしていると思うと、背徳感があっていいよね）

そんな日の翌日。

「あれ？　今日は空いてるんだ」

伊奈野がログインしようと確認してみれば、日本サーバに例の注意書きが表示されていないことに気づく。また、その日は土曜なのだが、休日に空いているというのはさらに珍しい。伊奈野は疑問に思いながらも日本サーバに入る。

「…………ん。本当にすごい空いてるじゃん」

いつものログイン場所に降り立っても、周囲は静か。普段は人がごった返してがやがやとしているのだが、今日は人影もまばらで活気もない。

本当に何かあったのだろうか、事件や事故でもあったのかと思いつつ首をかしげていると、

「ん？　もしかして、これの影響かな？」

伊奈野の目の前。そこに答えがあった。

何か風景におかしなところがあるというわけではなく、単純に伊奈野の目の前には選択肢が提示されているのだ。

《イベント『邪神復活阻止戦線』へ参加しますか？》

その後に続くＹｅｓとＮｏの選択肢。

イベントがあるからこそプレイヤーはイベントフィールドに移動しているため、あまり広い範囲のデータを表示せずに済むこともありサーバへの負荷が小さい。

警告の表示が出ないのも納得できることだった。

それと共に、

「あれ？　あの子もしかしてこのゲームやってるの？」

昨日聞いた使用人（同級生）の言葉。

ゲームをすると言っても明らかにそのゲームで何かがあるようだったし、それがイベントであるというのなら納得できる話だ。

ただそんな考えは、

「……いや、でもログイン制限あるからあんまり関係ない気もするけど」

すぐにゲームの仕様があるので否定される。

何か数時間おきにゲームへログインしてログアウトしてを繰り返さなければならない理由でもなければ、そんなに不規則な生活を送る必要もないだろう。

「まあ、何のゲームでもいいよね。とりあえず私は勉強しないと」

伊奈野は思考を切り替え、転移を行う。

転移先には見慣れた小屋があり、いつものように彼女は転移した小屋内部で近くのいすに座り机に本を広げた。そのまま流れるようにしてペンを走らせようとする。

…………が、

「あれ？………誰もいない？」

違和感を感じて周囲を見回してみる。

その眼には、いない時の方が少ないうるさい人も、たまにいる魔女さんも、そして日本サーバでは見かけたことのない宗教勧誘少女も映らなかった。

周囲にあるのはただただ静かで、ある意味いつも通りな風景。

「窓枠にホコリがたまってる。いつもはきれいだったから、毎日誰か掃除してたけど数日誰も触れてないってことだよね？　もしかして数日間誰もここに来てない？………………誰かいらっしゃいませんかぁ～」

さらに違和感を感じたため声を張って呼びかけてみる。しかし、返ってくるのは静寂だけ。

「え？　えぇ？　ここにすら誰もいないのは微妙に不安になるんだけど……」

この小屋にだって誰もいないことはあった。ただ、今は状況が違うのだ。

いつもとは違い今日はイベントのある日で、プレイヤーも少ない。だからこそ、いつもいる人々がいないというのは少し怖くなってしまう。

「書置きとかないかな………」

伊奈野は探すものを人から自分あてのメッセージに変え、周囲を見回した後に自分の目の前に置いた本をひょいと持ち上げてみる。

するとそこには、

「あっ。あったね書置き。あまりにもいつも通りに動き過ぎて注意がおろそかになってたかな」

今まで伊奈野の広げた本の下敷きになっていた書置きが。

本を横にずらし、書置きに目を通してみれば、

「えぇと。『私たちは数日邪神復活を阻止するための戦いへ向かいます。あまり師匠はご興味ないでしょうが、私たちにとっては大切なものであるためご容赦ください。今回戦う相手はそこまで強

いわけではないとのことなので、安心して待っていてくださいね』……………なるほど」

どうやら戦いに向かっているということらしい。

これが普段であれば急な話に心配するところではあるのだが、今回はイベントが発生している。

「プレイヤーとＮＰＣが共同で戦うイベントなのかな？　そこに参加してるのなら、不在なのは仕方ないよね」

そういうイベントだというのであれば、そうですかとしか言えない。伊奈野にはどうすることもできないことなのだ。

誰もいなくとも勉強はできる。いつも以上に集中してできると思いながら、彼女は机に向かった。

「今日も勉強日和、だね………………………」

ただ、そのいつもの言葉にはいつもほどの力はなかった。

カリカリッ

「…………」

カリカリカリッ

「……………」

カリカリカリカリッ

「…………………」

静かな部屋。

小さな息遣いとペンの音、そしてたまに起こるページをめくる音だけが部屋に響く。

そんなときがどれほど続いただろうか。普段は50分で一旦休憩に入るはずなのだが、一切そのペンの音が収まる気配がない。

どこか機械的にすら感じるような動きと時間は、永遠に続くかのようにも思われた。

しかし、

「……終わった！」

伊奈野は突然ペンを置く。

「まさかこの時間で、今日やる予定だったものの2倍以上が終わっちゃうなんてなぁ～。さすがにこれ以上やるとやりすぎだろうし、時間が余っちゃったなぁ～」

彼女はどこか棒読みでつぶやきつつ、今まで問題を解いていた本を閉じる。彼女が今日終わらせる予定だった、そして明日以降解く予定だった問題の数々は、まだゲーム内で20時間しか経っていないのだが解き終わっていた。

今日の問題を解く速度は、今までと比べても明らかに速かった。

《スキル『限界突破』を獲得しました》

伊奈野は気づかないが、そんなものまで獲得するほどには。

「ログイン制限は24時間だから、まだ4時間あるんだよなぁ～」

そんなことを言う彼女の視線の先に、

《イベント『邪神復活阻止戦線』へ参加しますか？》

の文字。そしてその後に続く選択肢。

魔女さんやうるさい人が参加しているのではないかと思えるイベントの案内である。

「これはきっとあれだよね。２人のことが心配で、私も頑張っちゃったんだよね」

そう。

伊奈野もつながりのある2人のことが心配なのだ。彼女だって普段は人のことを無視したり目を見て話をしなかったりしているが、そういった感情が残っている。

だから、決して静かすぎていつも以上に集中できたというわけではない……決してない。

「よしよし。じゃあイベントちょっと参加しちゃおうかな。ま、まあ、勉強もあるからそんなに長い時間は使わないけどね？　ちょっとだけ。ちょっとだけだから」

どこかのセクハラオヤジかと思うような発言をしつつ、伊奈野は目の前の選択肢にあるＹｅｓの文字をタップする。

すぐにその姿は霞み、

「………ん。ここかぁ」

本シナリオと呼ばれる、運営が数年単位の計画を立てていたシナリオ。それにおける最初のイベント、邪神復活阻止戦線。

数年単位で計画していたためその復活する邪神の力を今のプレイヤーたちに抑えることは難しいということで、運営は急いで対策を立てた。

大幅なレベルダウン。能力の減少。搭載ＡＩの演算速度の低下。そんな様々な方法で、今回のイベントにおける最大にして唯一と言ってもいい敵の弱体化を図った。

だからこそ、

「よぉし！　効いてる！　効いてるぞ！」

「押せぇぇ！　このまま押し切るぞぉぉぉぉぉぉ！！！！」

プレイヤーたちもギリギリ活躍できていた。

今回のイベントにおける目的は、英雄と呼ばれる８人が協力し世界の狭間と呼ばれる場所へ封印した邪神の復活を阻止すること。巨大な邪神の分身へと攻撃を仕掛け、一定以上のダメージを与えると進行速度が低下したり止まったり逆にノックバックさせたりできるようになっている。

勝利条件は、邪神分身体を出現させられる期限である開始から６日後の深夜（現実世界の２日目の夜）まで邪神の行く手を阻み『ワールドコア』と呼ばれるものを守ること。

逆に、そこまで邪神を行かせてしまえば敗北となる。

「師匠のおかげで使えるようになった多重立体式魔法陣による魔法。くらってみると良いわ」

「さぁて。買いこんでおいた毒薬がやっと日の目を浴びることになるねぇ」

「微力ながら皆さんの支援をしましょう。この人数となりますと、能力値2倍が限界ですかね」

賢者が定期的に魔法で大ダメージを与えて邪神の動きを止め、状況が不利になれば大商人が毒薬を邪神へ使い、回復薬を味方に使う。教皇は全員のステータスを底上げし、プレイヤーたちも経験したことがないほどに高い防衛力を引き出していた。

そして英雄はほかにもいる上に、３人以外の英雄はプレイヤーのパートナーも戦場に出ている。

「私の次元斬は、いくら防御力が高くとも防げませんわよ！」

「怯むな！！！　押すのだ！　この程度で負けてはおれぬぞ！！！」

ゴスロリと言われるような服を纏った悪役令嬢が、扇をひらひらと振りながら空間を切り裂く。

王はＮＰＣの士気を高め、プレイヤーに引けを取らぬ熱気を持たせる。

「オラオラオラオラァァ！！！　血祭りだあああぁぁぁぁ！！！！」

「また会ったね邪神！　勇者の斬撃、忘れたとは言わせないよ！」

血のこびりついたエプロンとコック帽を身に着けたホラーゲームのキラーかと思うような外見の斬り込み隊長が、その手に持った肉切り包丁を振り回して道を切り開く。

その後に続く勇者は、さらにその手に持つ剣で道を広げた。

「私たちはここを死守するぞ！　決して進ませるな！」

「理解している…………………ニャ～」

「なっ！　貴様まだそのふざけた語尾になる装備を付けているのか!?　くっ！　外せ！」

「でた。団長の『くっはず』。すごい女騎士っぽい…………ニャ～」

騎士団長と全身鎧で覆われた鉄壁の副団長は、部下を引き連れて後衛職に邪神の攻撃が当たらないよう防衛を行う。

「祈りましょう。勝利を。平和を。そして、誰も傷つかぬ事を」

「はい。もちろんです。聖女様。聖女様マジ正しくてかわいいから言ってることはすべて正義ですね。一生推します」

「…………………」

「あっ。無視ですか。放置プレイですか？　聖女様の性癖なら何でも受け入れますよ。そんな聖女様もマジキュートです」

聖女とその狂信者は祈りを捧げ、結界を張り、人々の傷をいやしていく。狂信者は聖女のメンタルへ若干ダメージを与えている気もするが、それでも傷をいやしている。

こうしてすべての英雄とこの場にいるパートナーたちは連携をとって活動していく。悪役令嬢、斬り込み隊長、鉄壁の副団長の３名はローテーションが組まれ、さらには狂信者の入るタイミングも決められている。攻撃、防御、前衛、後衛、すべてのバランスが良くなるように計画は立てられていた。

…………………ん？　何？

まだ２人紹介してないのがいるって？

あぁ～。そういえばいたね。そんなの。

「防衛部隊、左翼に強い攻撃がきます！　備えてください！　今のうちに左翼の後衛は中央への支援を！」

「…………あのぉ。俺はどうすればいいのでしょう？」

「あっ。下僕は……………………適当に戦ってきてください」

「うっす」

姫は全体の指揮を執り、戦線が崩壊しないように調整する。

下僕は、何かしていた。たぶん。知らんけど。


さて、こうして邪神に正面から立ち向かい猛攻を仕掛けるプレイヤーや英雄。まさにその姿は英雄そのものなのだが、
そんな激しい戦いに全く興味のない戦士《受験生》が降りたち、波乱を巻き起こす。

イベントへ参加することを決めた伊奈野。しかし彼女とてそこまで時間にも心にも余裕があるわけではない。

「できれば強いのとは戦わないでスライムみたいなのと戦えればいいんだけど」

強い敵と戦うのであれば、まだまともな戦闘もしたことのなかった伊奈野は必ず苦戦すると考えている。勝てるかどうかも怪しい。そんな気がしていた。

だからこそ、伊奈野が自分でも倒せるだろうと考えるスライムのような弱小モンスターを探すわけで、

「ん？　何だろう？　スライムかな？」

伊奈野は降り立った場所の近くで早速それらしきものを見つける。

黒い影がもぞもぞと視界の隅で蠢《うごめ》いており、気になって近づきよく見てみれば、

「ん？　スライムじゃ、ない？　何これ？　これたぶんスライム枠なんだろうけど、あまりにも見た目がひどすぎない？　デザイナー変えるべきだよね」

伊奈野の視界にとらえたもの。それはスライムではなく、長太い何かだった。

ミミズのようなヘビのような、ファンタジーで言えばワームのような。だが、そのどれとも似つかない生物がそこにはいる。体長は１ｍほど。真っ直ぐ伸ばして正面から見ると丸く見え、だいたいその直径は30ｃｍ。ミミズのような節もなく、ただしヘビのように目や口やうろこもなく。スライムを黒くして長く伸ばして少し可愛さをなくしてしましたみたいな状態のモンスターなのである。

「まあ、見た感じそこまで強そうには思えないし、これを倒して終わりで良いよね？」

悲鳴を上げて逃げたり殺虫スプレーを装備したりしたいほどの気持ち悪さはないため、伊奈野も正面から戦う気になる。

のだが、

「あっ。私魔法職だけど、魔法まともに使ったことないんだった」

唯一使ったことがあると言えば『サクリファイス』があるが、あれはまともに発動したのかどう

かすらわからないので実質伊奈野の魔法経験は０。

当然魔法を覚えてすらいないわけで、どうすれば魔法が発動するのかというのも分かってはいない。

「武器になるものも当然ながら持ってないし……あっそうだ」

魔法もない武器もない。しかしだからと言って拳で殴りかかるほど伊奈野は接近戦が上手いわけでもない。

が、相手はスライムポジだと思われるモンスターなのだ。であれば、

「これで攻撃しても勝てるはず!!」

伊奈野は外部からダウンロードしていたデータをこちらで表示。すると、彼女の手には、

「この丁度良い重さ、握り易い分厚さ、そしていい感じに直角になった角！」

1冊の本《鈍器》が現れる。

それはうるさい人のためにまとめた宗教史に関する本であり、他の魔女さんのために作った本や自分用に作ったどでかい本とは違い片手でギリギリ持つことができる。

スライムが相手といえど伊奈野は機動力も持っておきたいため、両手で持たなければならない本よりも片手で振り回せるこちらを選んだのだ。

「さぁ行くよ！　必殺☆本の角アタ～ック！」

魔法少女が必殺技でも使うかのような掛け声とともに、魔法少女は絶対にしないであろう夢のない物理攻撃が繰り出される。伊奈野としてはこれだけで倒せるほど甘くないという認識であり、す

ぐにその手をもう1度振り上げるつもりだったのだが、
シュルッ！

「あれ？」

たった1度の本の角アタックでスライムポジの何かは消え去った。

伊奈野は首をかしげて周囲を見回すが、そこには先ほどまでのスライムポジの影はない。

「ん～。もしかして、本の角アタックって実は強い？　現実だと痛いだけだけど、この世界だと違うのかな？…………いや、さすがにそれはないか。スライムポジが純粋に弱かっただけかもなぁ～」

一瞬自分が強いという結論へと至りそうになるが、相手が弱かったのだとすぐにその考えは否定された。

それから伊奈野は魔女さん達の様子でも見て帰ろうかと思ったのだが、

「『エクスプロオオオジョオオオオオォォォォンッ！！！！！！』」

響く声。その声には聞き覚えがあり、間違いなく魔女さんのものだと思われた。

（魔女さんは爆裂系魔法使いなの!?　何？　もしかして実は厨二病っぽい要素があって本名があだ名みたいな感じだったりするの!?）

さすがにそんなことはないと思うが、かなりの人数が参加しているのであろうこのイベントで声が聞こえてくるくらいなのだ。相当ノリノリなことが分かる。そんな姿を知り合いであり師匠とまで呼んでいる伊奈野に見られるのは恥ずかしいだろうし、伊奈野はそういったところに配慮して行かないことを決めた。

弟子である魔女さんの心情に配慮したからこその選択であり、勉強を教える以外で珍しく師匠らしいことをしたと言えなくもないかもしれない。そう。この行動はあくまでも師匠らしい行動によるものであった、決して魔女さんのそういう姿を見るのがつらいとかそういうことではないのだ。決して、存在しないはずの痛々しい記憶がよみがえってくるとかそういう理由ではないのである。勘違いしてはいけない。

そうなると時間に余裕があるというわけでもないので、自身の目の前にある文字をタップし、

「じゃあ、これで私は帰らせてもらおうかな。少しは役に立ててたらいいんだけど」

イベントフィールドから退出する。

そうして消えていく伊奈野は、気づかない。

このイベントが巨大な邪神と戦う、スライムなどいないはずのものであることも。スライムポジを倒したその分厚い本が、いつの間にか真っ黒に染まっていることも。


そうして伊奈野が去った後、伊奈野とスライムのような何かがいた場所へわらわらと他のプレイヤーが集まってくる。

彼ら彼女らの顔には少なくない焦りのようなものが見え、

「おい！　寄生虫はまだ来てないのか⁉」

「わ、分かんねぇ。海外鯖はもう出てるところもあるらしいけど」

「くそっ！　ただでさえ武器で対抗しようにも寄生されて能力奪われた挙句結局破壊されるクソ仕様だっていうのに！」

「お、おい！　どうすんだよ！　邪神の方の攻撃も激しくなってんだぞ！」

「英雄に相談するしかねぇ」

掲示板5

【死守】邪神復活阻止スレ　Ｐａｒｔ２２５【絶対】

８８４：名無しの参加者
　ロシアダウン

８８５：名無しの参加者
　フィリピンもダウン

８８６：名無しの参加者
　タイとドイツダウン

８８７：名無しの参加者
　まずいまずいまずいまずい!!

８８８：名無しの参加者
　各国寄生虫にやられてるな
　防ごうにも魔法は効果ないし物理は装備に寄生されるから対策のしようがないし

８８９：名無しの参加者
　寄生して装備の能力奪うってｋｓ過ぎだろ
　最後には耐久値削って装備破壊するから誰も戦いたくないだろうし、本当にどうすんだよ

８９０：名無しの参加者
　時間経過で邪神の攻撃激しくなって来てるのに、寄生虫対策してる余裕ねぇぞ！

８９１：名無しの参加者
　どうにかしなきゃいけないけど武器破壊怖くて近づきたくねぇぇ

VRGAME DE KORYAKUNADOSEZUNI
BENKYO DAKESHITETARA
DENSETSUNINATTA 1...

6コマ目▶黒い問題集

スライムのような何かを駆除し戻ってきた伊奈野。

相変わらず戻ってきてもフィールドは閑散としており人の気配を感じられない。

「まあ、私は私の仕事をしたってことで許されるでしょ」

多くの人がイベントに出ているということで同調圧力のような物を感じていないわけではないが、それでも伊奈野は自身の道を歩む。

ここで誘惑に負けるわけにはいかないのだ。

「さぁ。早速続きをしようか！」

伊奈野は自身の片手に持っている本を片づけつつ、自分用の本を開こうとした。

しかし、本を片づける前に片手に握っていた本がその大きい方に触れ、

「え？　何これ？　いつの間にこんなに黒く!?」

ここで初めて自身が持っていた本が黒くなっていたことに気が付く。

しかもそれで驚いているというのに、

「え？　消えてる!?…………って、黒いのが移って行ってるんだけど!?　え？　え？　え？

何！　本当に何!?」

さらに混乱を招く事態となる。

伊奈野の持っていた本が溶けていくように消え、大きな本の方にその黒いものが移動しているように見えた。

バタバタと本を振ってそれを止めようとするが、一向に止まる気配はなく、

「う、うわぁ。真っ黒じゃん。完全に黒歴史ノートだよ、これ」

中学二年生の時にでも使っていそうなノートの色をした本。

どんな黒歴史が書かれているのかとふざけたことを思いつつ、伊奈野はその本を開いてみる。そこには、

「ん？　書き換わってる？」

ペラペラとページをめくってみると、本の内容が伊奈野がまとめた内容とは別のものに変わっていることに気が付く。

彼女のこの受験に向けてまとめ上げた1冊が書き換わってしまっているのだ！

「な、なんてことを！　私はもう勉強ができな……………くはないね。外部にデータは保存してあるから、新しいのはすぐに出せるし」

あくまでもこの伊奈野の本はデータである。

ここで1冊が書き換わったとしても、また同じものをダウンロードして来ればいいだけの話だ。何も問題はない。

それよりも、

「ん？　ちょっと待ってこの本。もしかしてこれ全部、問題になってる？」

よく読んでみれば、書き換えられた内容はすべて受験に出るような問題へと変わっていることに気が付く。つまりこれは書き換えられてしまったが、伊奈野に新しい問題を提示してくれたということにもなるわけで、

「え？　この問題良いじゃん！　これも良いし、こっちも良いし………何でこうなったのかよくわかんない、こともないけどラッキー！　イベントに参加して良かった～無料で質のいい問題集が手に入っちゃった！」

伊奈野は本がこうなった原因は、イベントに参加したことであると予想した。今の本の色と倒したスライムもどきの色も近かったように思えるし、ほぼ間違いない推測だと思っている。

「まあ、理由なんて何でもいいんだよ。いつまでこうなのかは分かんないけど、今のうちに解いちゃお！」

この本がまた書き換えられてしまわないうちに。そして、元に戻ってしまわないうちに。伊奈野は初めて出会う問題達へと挑み戯れるのであった。

それはもう、

「…………………………はっ!?　いつの間にかログイン制限来てた!?」

と、初めて強制ログアウトをくらうくらいには。

伊奈野は休憩すら忘れて勉強していたのだ。それほどその新しく出会った問題達が魅力的で素晴らしかったのであり、決して普段はいる人たちがいなくて集中できたというわけではない。決して。

「明日もそのままだと良いなぁ～」

伊奈野はそんなことを思いながら現実世界でも机に向かう………前に少し体を動かしたりしつつ、健康を損ねない程度に努力を重ねる。

それから、次の日。

伊奈野は不安と期待を抱えながらログインし、

「よ、良かったぁ〜。そのままだぁ」

伊奈野の本は相変わらず黒いまま。

解いたところを見てみると何やら文章に書き換わっているがぼやけていて読みにくいため、とりあえずそれは一旦無視。解いた問題が消えてしまって後から見直しができないのは残念だが、解く問題が残っているだけでもありがたい。解いた問題は記憶に残しておいて後から書き写せばいいのだから。

残念なことがあるとすれば、見直しのことに加えて解答の詳しい解説がない事くらいだろう。解き終わったあと一瞬赤い大きな丸があらわれて正解であるということは分かるのだが、それだけですぐにぼやけていってしまうため解説が出るということもないのだ。問題が興味深い事と正誤判定が出ることは喜ぶべき点なのだが、そこに関しては少し憂慮している部分がある。復習もせず解きっぱなしというのは、あまりよろしくないのだから。

ただそれでもやはり、

「ふふふっ。解き甲斐がある…………………ふふふふふっ！」

怪しいくらいに笑いがこぼれてくる。それほどまでにこの問題に出会い、解くことができるというのは伊奈野にとってうれしい事なのだ。

本に問題の答えを書き込んでいけば次々に問題が消えていき、そのたびに伊奈野から怪しい雰囲気が増していく。

幸いなことにというか不幸なことにというか、まだ今はイベントの2日目でありイベント中。その姿を誰かに見られるということもなく。また、誰かに邪魔されるということもなく。伊奈野は黒い本の問題を解き続けるのであった。

「…………楽しい。ふへへっ。楽しい」

楽しすぎてそれはもう薬物でもやってるかと思うような雰囲気まで出しているが、伊奈野が自身を客観的に見ることはできない。その日のログイン時間のほぼすべてを使って問題を解いた伊奈野は、

「あれ？　もう半分くらい解けたかな？」

前日の分も合わせて半分ほど問題を解き終わっていた。それほど集中できたし、楽しかったわけである。

「このペースから考えればあと2日で全部解けるかな？　新しいタイプの問題も多かったし楽しかったんだけどなぁ。残念。最近の流れとか考えると難関大学とか発展で組み合わせ問題とかよく出してくるし、こういう風なのもいつかは出てくるかもね。さすがにまだ受験生も最近の流れをつかみきれてないことが多いだろうし、まだ急にここまで発展させてくることはないと思うけど

…………ないよね？」

そんなことをつぶやきつつ本を閉じる伊奈野。

気づかなかったがその表紙には、いつの間にか金色の文字で途中まで何かが書かれていた。解き終わって書き換わった文字も不気味に蠢いており、明らかに変化が起きている。

「……ふんふんふ～ん」

しかし興味も持っていなかったため意味あり気な諸々には全く気づかず、鼻歌を奏でながら伊奈野は順調に勉強を進めていく。

スライムもどきとの初戦闘を終わらせてから、現実世界で4日目になるといったところ。2日間のイベントが終了した次の日も伊奈野の前に魔女さん達が現れることもなかったため少し心配していたが、そんな心配すら忘れてこの数日間黒い本の問題に熱中していた。

そしてついに、

「これが、ラスト？」

合計50時間以上をかけ、ついにたどり着いた最終問題。

最後は英語の問題であり、伊奈野の知らない様な単語も大量に書かれている。

「なんでこの異世界設定のゲーム内で書き換えられた問題の中に英語が出てくるのかは分からないけど……やってみせる!!」

このレベルの問題になると、伊奈野であっても解くことができないようなものだった。以前まで、い、いや、であれば。

しかし、今の伊奈野は違う。この数日間解いてきた問題達に影響を受け、伊奈野は現実世界でも新たな傾向の問題をいろいろと調べたのだ。そこで出会った問題や解説の知識と、そしてこれまでの努力を組み合わせれば、

「……………つまり、こういうこと！」

伊奈野は成長を続けている。難易度の高い物に出会えば、それへと適合していくのだ。そしてついに、彼女はその新たな影響を与えてくれた黒い本《問題集》を、乗り越えた。

「よっし！」

普段は解き終わってもほかの解答を探したり次の問題に移ったりする伊奈野だが、この時ばかりは違う。

テストで高得点を叩き出した時のように、大きくガッツポーズをした。

彼女のスキルの数々も、この大きな伊奈野の成長と共に性能が向上していた。

そうして伊奈野が達成感に浸る中、

「ん？　まぶしっ!?」

突然光があふれ、伊奈野の視界を奪う。その源は、黒い本。

何が起きているのかと伊奈野が困惑するのにさらに混乱が加わるようにして、

「ただいま戻りまし、って！　なんですかこれ!?」

「こ、この気配！　邪神の力ですか!?」

「あっ。お二人ともお疲れ様です。すみません眩しくしてしまって」

「えっ!?　師匠!?!?」

弟子2人がこんなタイミングで戻ってきてしまった。

これではまるで伊奈野が人のいない間に変なことをしていたかのように思われてしまう。

……思われても特に問題ないかもしれないと内心は思いつつ、伊奈野もとりあえず外聞を気

にするようにして、

「い、いやぁ～。問題集を解き終わったら突然こんな風になっちゃって」

「ど、どういうことですか？」

「どうして問題集を解いていてその力を……」

そんな風なことを話していると、次第に光が収まってくる。

光源であった黒い本に目を向けてみれば、いつの間にか本は閉じており表紙が見える状態になっていて、

「く、黒い表紙に金のタイトル……厨二臭しかしないんだけど!?」

伊奈野はそれを悪いとは思わないが、自身はそこまで憧れてはいない。逆に以前遊んでいたゲームで、フレンドがそういったいかにもな喋り方とプレイングをするプレイヤーをあまり快く思っておらず敬遠していたため、自身はそうなりたくないしそういった者達ともできればあまり深くは関わりたくないと考えていた。そのため、そのいかにも自身のそれをかっこいいとか思ってそうな本の様子に伊奈野は頬を引きつらせる。

「せっかくいい本だったのに、こんなものになっちゃうなんて……」

伊奈野はショックを受けたという顔をしつつ、本をパラパラと読んでみる。

しかし、先ほどまでと違って、

「くっ！　関係ない事ばかり!!」

そこに書かれているのは、伊奈野が求めているものではなかった。

このゲーム内の細かい設定といった、今の伊奈野にはあまり必要のない知識ばかりなのである。

伊奈野は本を閉じ、天を仰ぐ。

そして、

「すみません。また勉強しますね」

「「え？　あっ、はい？」」

伊奈野は黒くない新しい本を取り出し、また問題へと挑む。最近心が荒れた時、こうすると落ち着くことが分かったのだ。

依存症のようになってしまっている。

「あのぉ。これ借りてもよろしいでしょうか？」

「ええ。どうぞ」

まだ集中しきる前にうるさい人が声をかけ、伊奈野から黒い厨二病臭漂う本を借りる。

そして、魔女さんと共にその本を観察しつつ、

「……………やはりこれから邪神の気配がしますね」

「そうなの？　なんで師匠がこんなものを持っているのかしら？」

「分かりません。幸いなことに強力な封印が施されているようですし、今は邪神の力だけを引き出すようにはなっていますが」

「封印って、邪神がそこに封印されるほどの強力な封印を使える人がいるってこと？」

「どうなのでしょう。以前は、たとえこの程度の力であっても封印など不可能でしたが………今も

誰かができるとは到底思えませんね。どちらかと言えば何かエサで釣ってここに入れて、あとから封印をして閉じ込めたという方が現実的かと」

「ふぅ～ん。よく分からないわね。どうしてそんな風に封印されているのかも、どうして師匠がこれを持っているのかも」

「ですね」

弟子2人がそんなことを話す間、伊奈野は全くそれを聞くことすらなく勉強を続けている。

その胸の中には黒い問題集への感謝と、裏切られた悔しさが渦巻いていた。

そうしていると、

《イベントアナウンスです。『英雄たる所以』が特殊条件『完全防衛』達成により特殊クリアとなりました》

「ん？」

突然聞こえてきた声。それに頭をひねる伊奈野。

そのアナウンスと同時くらいにログが大量に流れたのだが、伊奈野は当然気が付かない。

《イベントが完了しました。貢献度により報酬が獲得できます。アイテムボックスをご確認ください》

《称号『封印者』を獲得しました》
《称号『計画破壊者』を獲得しました》

そんな伊奈野は裏切られた心をいやすため、黒い本の問題の影響を受けてさらに分厚くなった本（黒い本の問題の類似問題及びさらなる応用問題多数）の問題を解いていく。

それから1時間ほど経ったところでさすがに気持ちも切り替わって黒い本の変化を受け入れられるようになり、

「あのぉ。その本、まだ読むんですか？」

伊奈野は、読まないのならば思い出として回収しておこう（そんなものを出していて自分が厨二病だと勘違いされたくないというわけではない！）と考え、弟子たちに問いかける。

しかし返ってくるのはその質問の答えではなく、

「師匠！　これどこで手に入れたんですか！」

「え？」

質問だった。

質問を質問で返すなと言いたいところだが、２人とも顔が真剣なので伊奈野もその言葉を飲み込んで正直に答えることにする。

「それ、先ほど言っていた問題集を解いた後のものなんですよ。実はなんですけど、私も少し助けになろうと思ってイベントというのに参加してたんですけど……」

伊奈野は事情を説明していく。もちろん、伊奈野の認識している範囲での話を、だ。

それ以外の知らないことは知らないし、説明もできない。

「これは間違いなく、あの危険だと言われていた寄生虫でしょうね。この表紙の漆黒は間違いなく邪神の力を現しているでしょう」

「そうよね。まさかそれを本に入れて封印するなんて……」

ただ、そんな説明でも2人は納得していた。

（え？　寄生虫？　私の倒した黒いあれってスライム的ポジションじゃなくて寄生虫なの!?………まあ、そういわれてみれば元々ヒルみたいな見た目だとは思ったたし、虫っぽさはあったもんね）

2人の会話で衝撃の真実を知る伊奈野。しかし、だからと言って伊奈野がそれで何か影響を受けたかと考えると特にそんなことは思い浮かばない。

「あのぉ～。私は寄生されてたりしないんですよね？」

「はい。そうですね。師匠からは気配を感じません。表紙の漆黒の強さから考えて、すべてこの本の中に封印しきれているのでしょう」

「大丈夫だと思いますよ。この金の文字が黒に飲み込まれていないところを見るに、力が外に漏れ出ているということもないでしょうし。金が何か封印のための要素を現していて、この黒が邪神の力や闇を現していると考えれば…………この刻み込まれた金は師匠の中で普段は眠っている力の現れでしょうか」

自分のアバターにまで寄生されていれば将来的にダメージなどを受けることになって定期的にキルされてしまう可能性があったとは思うが、そうでないのであれば困ることなど何もない。

伊奈野は黒いスライムのような何かが寄生虫だったとだけ認識を改め、それ以上は何も考えなかった。

ただ、

「師匠」

「なんですか？」

「この本を暫くお借りしてもよろしいでしょうか」

「え、えぇ？　その本を、ですか？」

いかにも厨二病臭い本を借りたいと言い出す弟子2人。いくら寄生虫の影響を受けているからと言って、持っていくほどのものなのかと伊奈野は考えた。

そして、気づく。

「あっ、い、良いですよ。2人はそういう趣味なんですね」

「「ん？　ありがとうございます？」」

伊奈野の言葉に首をかしげるも、本を預かる2人。

伊奈野は2人がその本の見た目が気に入ったのだと考えたわけだ。自分は全くと言って良いほど興味もないしかっこいいとも思わないデザインだが、人の感性は様々。実際そういう見た目のものが売れるのも間違いないわけだし、2人がそういうものが好きなら貸しても構わないだろうと考えたわけだ。

「表紙の漆黒の強さ」や「金の文字が黒に飲み込まれていない」「普段は眠っている力」「黒が邪神の力や闇を現している」など香ばしい香りのする単語がいくつも出てきているため、伊奈野はそういうことだと考えてほぼ間違いないと見ている。

そうして伊奈野があっているかどうかはともかくとして納得すると、

「でも、私嬉しいです。師匠にそんなに協力してもらえてたなんて」

「どうでもいいものと思われているかと考えていましたからね。そんなに気にかけていただいていたなんて恐縮です」

「あっ。そ、そうですねぇ。まあ自己満足程度のことしかしてないのでお気になさらず」

伊奈野がイベントに参加していたのは、弟子たちが関わっていそうだったから。それを聞いていた2人は喜び感謝の言葉をかけてくる。

伊奈野は視線をそらしつつ、気にするなというように首を振った。

「この本を見て自己満足程度と言われますと」

「私たちは今まで何をやってきたのだと思わないこともないのですが……」

ただ、その言葉で弟子たちは苦笑いを浮かべる。

何かがある様子だった。

ここで伊奈野が考えるのは、

(え？　もしかして、あの寄生虫ってレアものだったりするのかな？　今までやってきたことがどうこうっていうから、出会える確率の低いこの寄生虫を探し回っていたとかそんな感じ？)

ということ。他にも可能性として、

(寄生虫自体が珍しいのではなく、寄生虫の種類が珍しかったとか、この本の色とかが珍しかったとか？　寄生虫はガチャみたいなものだと思えば、黒くて金色の字でタイトルが書かれているタイプは珍しかったり？)

伊奈野はこれでもゲーマーなので、そういう知識は持っている。何となくこれ以上のことを知ると沼りそうな気配があるなどと思って、それ以上考えることをやめた。

「……………あっ。そうそう魔女さん」

「ん？　どうしました？」

「その本に書いてあった問題を参考にして問題を追加した新しい本、いりますか？」

「いります！」

即答だった。

ここから『新訂版教科書』が出回っていき、また収入が増えることになるのだが、伊奈野は気づくこともない。

イベント後。

日本の運営側は大慌てとなり、早急な対応が求められる事態に陥っていた。それはもう、このゲーム全体を管理する神と呼ばれる存在が呼び出されるほどには。

「どど、どうなってんだよ！」

「これは完全に予想外ですね。神《統括ＡＩ》、説明をお願いしてもいいですか？」

『はい。もちろんです。今回のことは私の計算でも予想外。今までのデータから予測された成長速度を大きく超えた速さで学習し、制限時間内には終わらないと判断されていた問題を解き終えられました』

誰かさんの成長は、神にすら予想外なもの。

それほどまでに異常な成長具合だったのである。

しかし、そうだとしても粗がなかったのかと探してしまうのが愚かな人間という存在であり、

「あのプレイヤーのこれまでの行動データから関連性のある課題にしたのは、まあ仕方がない。普通に戦闘になってもあのプレイヤーが何をしでかすか分かったものじゃないからな。急ごしらえのシナリオとはいえこのゲームの自由度が高いということを見せる必要もあったし、仕方がないだろう。ただ、制限時間が長すぎたとかではないのか？」

「いや、それはないでしょ。今度のアップデートで追加する用のアレに解かせてみましたけど、2週間はかかってましたよ」

『はい。しかもそれに加えて1問でも間違えれば封印が失敗するという仕様を入れておりましたの

で、それらを合わせて考えれば逆に短すぎたと言って良いほどではないかと。実際あのＡＩに試させたときには2週間かけても半分にすら届かないところまでしか解けず、しかも間違えて封印に失敗していましたので』

時間制限は短すぎると言って良いほど。そして、回答を間違えた際のペナルティが大きすぎた。

封印の難易度は異例だったのだ。

ただ、それでも解けてしまった誰かさんがあまりにも特異過ぎただけなのである。

「む、むぅぅぅ。だがそれでも、寄生虫がワールドコアに寄生しないと今後のイベントが軒並みつぶれるんだぞ？　寄生されたワールドコアが操られて魔物を大量発生させたり、寄生から解放するために邪神を打倒しに行ったり。1年以上その系統のイベントを進める予定なんだ。それらがすべて使えないのは痛すぎる……というか、なんであの本に閉じ込めることができたんだ？　あれは装備品限定で寄生するはずだろ？」

『それに関してはイベントに関係ない部分での判定が関わっておりましたので仕方がなかったかと。現在ハリセンという武器も認めてしまっていましたし、それで攻撃できて本で攻撃できないというのはおかしな話ですから』

「あぁ～。ハリセンをネタとはいえ武器として認めた時点で、本を武器判定から外すことはできなかったわけですね？　でも、それだけで閉じ込められます？　本なんて食い破って出てくると思うんですけど」

『そこなのですが、外部からのデータを引用してくる場合に耐久値が無限になるように設定されていたのです。こちらは私たちＡＩ側の調整ではなく、事前に設定されていたものでして対応は不可能でした』

「ん？　つまり、あの本は耐久値無限の武器として認定されてしまった、と？　それかなりまずくないですか？　本が最強装備になってしまいますよ？」

『そちらに関しては本を武器として認めるにあたって認定用のＡＩによって調整が行われました。本に関しては耐久値無限で攻撃時に相手へ痛みを与える代わりに、一切ダメージがないということになっております。また、強化は不可能です』

本というものは非常に微妙な立場となっていた。

これでまだ攻撃に使われていた本がゲーム内で購入したのであれば耐久値が使えたが、外部からインストールしたデータは様々なところから要請があり耐久値が無限となっていたのである。

今回はそれが仇《あだ》となってしまった形だ。

「なるほど。攻撃力０の耐久値無限武器。悪いことを考えられそうなネタ武器ではあるってことですか」

「実際悪いことに使われたわけだしな。本人は気づいてないみたいだが」

「そうですね。時間制限も間違えることによる封印失敗も一切気づいてなかったみたいですし……本当にどうしますか？　このプレイヤーが問題を解けないことを前提に予定していた、難しい問題を解くだけのつまんないイベントすら頓挫《とんざ》ってことですよね？」

「その通りだ………もう日本鯖は、独自のイベントをやっていくしかないんだが、そのイベントを発生させることも難しい」

「かなり念入りにこれまで検討されてきただけに、崩れてしまうと整合性を取るのも大変ですよね……という事で、」

「「神、頼んだ」」

『かしこまりました。調整いたします』

今後のイベントのすべてを任せられてしまった神こと統括ＡＩ。それが今後どんな影響を与えることになるのか、それはまだ誰にも分からない。

ただ、

「あれ？　ログインできない？………え？　なんで？　今日は勉強日和じゃ、ない？」

荒れに荒れて想定通りにいかないことは、容易に予想できることだった。

掲示板6

【どうして】システムの不思議　Ｐａｒｔ１０９９【こうなった】

１２６：名無しの相談者
なんで日本鯖だけ寄生虫出てこなかったの？

１２７：ベテラン回答者
＞１２６
何度も答えているから前スレとかで詳しいことは見てほしい
簡単にまとめると、日本鯖だけ誰かが寄生虫を倒すなりしたからだと思われている
当然方法は不明だ

１２８：名無しの回答者
＞＞１２７
さすベテ
似たような質問ばっかりでもキレずに簡単なまとめと前スレを勧める回答者の鑑

１２９：名無しの回答者
最近寄生虫関連の話ばっかりだよなぁ

１３０：名無しの回答者
マジで毎度毎度寄生虫の話しかしないし、寄生虫大好きかよ！

VRGAME DE KORYAKUNADOSEZUNI
BENKYO DAKESHITETARA
DENSETSUNINATTA 1...

7コマ目▶アップデートと亀裂

「何だろう？　壊れちゃった？」

伊奈野はログインできないでいた。

いつものようにログインしようとしていた彼女はひどい焦りを覚える。

このログイン中時間が加速するゲームで他の受験生に差をつけようとしていたのに。そのために
わざわざ10万円使ったというのに。

だというのに、ログインできないのだ。彼女の中で何かがガラガラと音を立てて崩れていく。

が、

「…………………ん？　あっ。アップデート中？　そういうこと」

絶望しあと少しで正気を失い受験科目ではない科目の勉強を始めそうになった伊奈野だが、視界
に映った表示を読んで精神を安定させる。

そこに書いてあったのは、今日はアップデート及びメンテナンスのためにログインできないとい
うこと。

「なぁ～んだ。本当に今日が勉強日和じゃなかっただけか。まだ2か月くらいしか使ってないのに
壊れちゃったのかと思っちゃったじゃん」

伊奈野は納得し、現実世界に戻ろうとする。

ただ、すぐにその動きを止めた。

現在彼女の目の前を流れているのは、このゲームのオープニング映像。

いつもはAボタンとBボタンを連打するような感じですぐに飛ばしてしまうオープニングだが、

今日はログインできないのでずっと彼女の前ではその映像が流れているのだ。

伊奈野は以前このオープニング映像をかなり短くしたようなものを、初めてこのゲームをプレイする際に強制的に見せられている。

その映像が気に入っていたかというとそんなことはなく。

ではなぜ今そんな映像を見ているのかと言えば、

「これ、プレイヤーかな？」

オープニング映像が伊奈野にも分かるくらいに変化していたのだ。

理由は、数日前に発生していたイベント。そこで、たくさんのプレイヤーやＮＰＣに活躍の機会があったわけである。そういった者達がオープニング映像に使われるようになったのだ。

そんな中でも最初から映ることができるのはイベントの中で特に活躍が大きく画面映えのする者達。

「……もしかして、そうなのかな？」

伊奈野は芽生えた疑問を胸に今度こそ現実世界に戻る。

オープニングの開始からまだ1分も経過しておらず、ＮＰＣの活躍は映っていなかったというのに。

そうしてヘッドギアを外してベッドから起き上がった伊奈野は、一度部屋を出る。

そこから向かうのは、

「ねぇ。瑠季《るき》ちゃん」

「ん？　どうなさいましたの？　お嬢様」

この家の使用人、というより伊奈野の使用人。その名は、金野奈瑠季《かねのなるき》。

伊奈野の同級生であるのだが少し特殊な生まれをしており、雇っていると同時に保護をしている子である。

そんな瑠季の下へ伊奈野が訪れた理由は、当然先ほど見た映像が関わっており、

「瑠季ちゃん『ｎｅｗ　ｗｏｒｌｄ』ってＶＲゲームやってる？」

「なぁ!?」

特に遠回しに隠して聞く必要もないので、直球でぶつけた質問。それに何故か瑠季は非常に焦った様子を見せた。

「な、なななな、なぜそれをご存知ですの!?　もしかして、お嬢様もあのゲームを!?」

「うん。時間が加速されるのは便利だから、私も使ってるの」

慌てた様子の瑠季から発せられた質問を伊奈野は肯定する、
その返答を受けた瑠季は、焦りを消してどちらかといえば絶望したような表情となる。それから言い訳するように、

「そうなんですの!?　………あ、あの。私のあのプレイングはそういうロールプレイなんですの。決して本心からやっていることではないんですのよ？　人を馬鹿にしたりとか嫌味を言ったりとか見下したりとか、そういうことは本当はあまりしたくありませんの！　見る人によっては荒らしに見えてしまうかもしれませんし」

「え？　あぅ。うん。まあ、瑠季ちゃんならそうだよね？　ていうか、別に私瑠季ちゃんが何やってるかとかそんなことは知らなかったんだけど」

「……………………え？」

並べ立てられた言い訳に伊奈野は戸惑いながらも答える、

その返答は瑠季にとって完全に予想外のものであり、動きが固まることとなった。

「私、オープニングで悪役令嬢っぽい見た目の人がいたから瑠季ちゃんも（この人に憧れたりして）もしかしてこのゲームをやってるのかな～って思っただけなんだけど」

「そ、そうなんですの………………完全に私、墓穴を掘りましたわ！（でも、見た目だけで私だって気づいていただけるなんて………そんなにお嬢様はわたくしのことを深く理解してくれてるということ!?　う、嬉しいですわ）」

微妙な食い違いが起きていたりするが、両者とも深く言及しないので気づくことはない。

こうして墓穴を掘り自身のロールプレイがひどい物であることを伊奈野に知られてしまった瑠季。

しかし一定の理解が伊奈野にあったためあまりそこへ深く触れられることもなく、そのまま2人はゲームの話をしながら瑠季の部屋で勉強をすることになる。

「ん。良い匂いだね」

「っ！　そういっていただけると嬉しいですわ！　お嬢様がいらっしゃるならと少しお高いアロマを焚いてみましたの」

「そうなの？　ありがとう………匂いっていえばさ、ゲームの嗅覚機能凄いよね。ちゃんと再現されてるし」

「あっ、ですわよねぇ」

まずその技術力の高さで話に花が咲く。

フルダイブ型であることの利点がしっかりと活かされており、それは2人にも目を見張るものがあったのだ。他にも触覚や物の凹凸など、様々な技術への驚きが共有された。

そしてひとしきりそういった話をした後は瑠季の愚痴に変わるのだが、

「装備にいろいろと装飾をつけると、すべてを処理しきるのが難しいのか微妙に引っ掛かってしまいますの」

「そうなの？　じゃあ、あんまり凝ったデザインにはできないんだ。お嬢様っぽい格好をするならゴテゴテさせたいけどねぇ」

「そうなんですのよ！　おかげでスカートのアクセサリーを150個ほど外す羽目になりましたわ」

「……150？　元々何個だったの？」

「600ですわ」

「…………それをつけれる職人さんがすごいね」

凝ったデザインで装備を作る際の注意点。装備品をどこまでシステムが装備品として扱ってくれるのかなど、そんな話が愚痴と共に伊奈野の知識に加わる。

必要のない知識ではあるのだが、伊奈野としてもこうして瑠季と共に他愛のないことを話すのは好きなので気にしない。勉強中ではあるが、誰かさん達の声と違って無視するといったこともない。

「で、お嬢様はどのようなプレイングをしておりますの？」

「どのような、っていうと？」

「そうですわね………例えば生産しているとか戦闘をしているとか旅をしているとか」

「あぁ。そういうこと？　私はゲームの中でもずっと勉強してるよ」

「………………」

伊奈野の言葉に瑠季の動きが止まる。

それは頭がそれを理解するのを拒否しているようである。が、瑠季は無理矢理伊奈野だからと思うことで納得させ、

「さ、さすがお嬢様。てっきり私のように息抜きの時間を長くしたいと考えているのかと思っていましたわ」

「まあ、私は勉強もそこそこ楽しんでできるからね。最適な勉強時間と頻度なんて人それぞれだし、瑠季ちゃんがそれで良いと思うならそれがいいでしょ」

伊奈野から受験ガチ勢なありがたい言葉を受けた瑠季は一度天を仰ぐ。ちなみにここまで瑠季は何度か動きを止めたり伊奈野の方へ視線を向けたり天を仰いだりしているが、伊奈野は一切問題から視線をそらしていない。

その様子からさらに格の違いを思い知らされる瑠季は少し話題を変えたくなり、

「………………あっ。そうだ。お嬢様。フレンド登録しませんこと？」

「フレ登録？　別に良いけど………私は勉強したいから瑠季ちゃんに会いに行ったりはしないよ？」

「分かっておりますわ。私から会いに行くことにしますの………探すためにプレイヤーネームを聞いておきたいのですけど」

「ああ。プレイヤーネーム…特に決めてないね」

「決めてない？　それって………もしかして『何度目？』を持っておりますの!?」

驚愕する瑠季。伊奈野はその言葉の意味が分からず首をかしげるが、瑠季もそれ以上何かを言ってくることはない。

「よくわかんないけど、瑠季ちゃんの方はどうなの？　名前」

「私は普通にキャラメイクをしたのでありますわよ。『ロキ』という名前にしておりますわ」

そう言った瞬間だった。

初めて伊奈野の動きが止まり、顔を上げた。彼女の勉強の手が止まるなんて言うのは相当珍しい事であり、それだけ驚いたということ。

「瑠季ちゃん、ネットリテラシーないの？　本名から1文字の母音を変えただけって……」

キャラメイクの際ネットリテラシーを意識して様々なところをごまかしてきた伊奈野。

それからすればあまりにもその名付けはガバガバ。心配になってしまうのも仕方がないだろう。

真剣な表情で瑠季の目を見つめ注意する。

「い、いや、私の昔から使ってる名前なので、変えれば余計に怪しくなってしまいますの！　不可

抗力ですわ!!」

　慌てて否定する瑠季。

　彼女もかなり昔からネットゲームを楽しんでおり、その名前とは長年の付き合いだった。突然変えれば不自然に思われるのは容易に予想できる。

「いやいや。昔から使ってるって言っても、他のゲームの瑠季ちゃんと今の瑠季ちゃんが同一人物ってバレないいんじゃない?」

「い、いや。私これでもギルドのマスターなんですの。昔から一緒にゲームをしている友人たちと一緒にゲームしたかったので……」

「え?　瑠季ちゃんギルマスなの?」

　伊奈野は今まで聞いた瑠季のロールから考えて、てっきりソロプレイなのだと思っていた。悪口や嫌みの多い人間がまさかギルマスになっているとは思わなかったのである。

「そうですわよ。私ギルマスなんですの。よければお嬢様もギルメンになりませんこと?」

「ん～。とりあえず勉強しかする気がないから受験が終わるまでは迷惑になるだろうしソロでいようかな。受験が終わってゲームができるようになったら………もしかしたら入るかもね」

「本当ですの!?」

　期待に満ちた表情をする瑠季。

　ただ、本当に伊奈野がギルドに入るかどうかは定かではなかった。

　何せ伊奈野にとって瑠季というのは友人であると同時に、今まで行ってきたゲームではライバルのような立ち位置に何度もなってきた。

「でも、ギルドって何するものなの？　まずこのゲームのギルドがあんまりわかってないんだけど。あと、急に私が入って行っても問題にならない？」

「大丈夫ですわよ。問題にはなりませんわ。ギルドがやることとしては、大規模な戦いのときにギルドにしか受けられないような依頼があったりとか、それこそギルドハウスが建てられたりとか、そんな感じですわね。ただやはり、私のギルドに入るのでしたら1番の魅力はポーションを手に入れられることですわ！」

「ポーション？」

「そう！　私たちのギルドメンバーしか使えないような高品質なポーション！　あれこそまさに私たちのギルド最大の魅力！」

「それって瑠季ちゃん必要なの？　瑠季ちゃんがギルマスな必要あった？」

「…………い、いや、ほら。会計とか書類の作成とか、やってるんですのよ？　あとほかのギルドに喧嘩を売ったりとか」

最後に関してはどちらかというと邪魔な要素のようにも思える。

伊奈野は心の奥底の方で、もしかすると瑠季はそんなことをしているからギルドの中でハブられていて友達が近くに欲しいのかもしれないと若干の同情をするのであった。

その同情によりギルドに入ってあげたいという気持ちは湧き出てくるのだが、それはそれとして今まで他のゲームでは競い合ってきたということもあり、体《てい》を保つためという程度の意味しかない

が、

「あっ。じゃあ、私とPVPして勝てたら入ってあげるねぇ」

「へぇ？　なら私達のギルドに入るのは確定ですわね」

「へぇ〜。自信があるんだ」

「当然ですわ。トップギルドの1つなんですのよ？　いくらお嬢様がいつもみたいに極低確率の即死特化型ビルドなんて組んできても負けるわけにはいかないんですわ!!」

明らかに今までの経験などにより差が出ることは明白であるにもかかわらず、伊奈野はPVPを提案する。

そこには、最初から入ると負けを認めているようで何か嫌だという長い関係であるからこその感情もあった。

「あっそうそう。最近日本鯖混んでるから海外鯖を使ってみてるんだけど、なかなか海外も面白くて」

「えっ!?　海外鯖ですの!?………それは思いつきませんでしたけど、ありですわね。今度私も調べてみますわ」

基本的に瑠季が情報を出す形で話は進んでいく。

瑠季の方が真面目（?）にゲームをプレイしているので情報が多く詳しいのは当然なのだが、まれに伊奈野が出す情報は瑠季の考えたこともなかったようなものでありを驚きをもたらす。

勉強のついでであるにもかかわらずお互い得るもののある会話となった。

「海外は寄生虫の影響でとんでもないことになっているらしいですわね」

「え？　そうなの？」

「そうらしいですわ」

「くっ！（海外鯖に行っておけば問題集をもっとたくさん作れてたってことか！　混んでないからって油断すべきじゃなかったなぁ～）」

「あら、何か思うところがありまして？（難しい顔をしてる？　海外鯖に御友人でもいらしたのかしら？　他人のためにそんな顔をできるなんて、お嬢様はお優しいですわね）」

そんな風に瑠季と共に勉強を進め、アップデート兼メンテナンスによりゲームの使えなかった日を乗り越えた。


そして翌日早速ログインする伊奈野。

イベント明けで日本サーバがまたおかしなことになっているということもあり、様々な国から日本サーバへプレイヤーがやってきているのだが、

「ん。今日はいけるね」

日本サーバは最近混雑することが多かったため、サーバが強化され処理能力が向上していた。そんな理由から日本サーバが混む中でも伊奈野はログインを済ませ、

「おはようございます。お二人とも」

「あっ。おはようございます」

「おはようございます。今はもう夜ですけど、そんなことは関係ないですよね」

この世界では夜の6時だが、そんなことは関係なく伊奈野は起きたばかりなのでおはようございます、だ。

伊奈野はログイン地点から転移し、小屋の中へとやってきた。そこで待ち構えていたのは、彼女の弟子である2人。

そんな2人は伊奈野の姿を見ると、

「師匠。この本ありがとうございました。非常に参考になりました」

「危険性もないようですし、本当に完全な封印が成功していると思われます」

そんな言葉と共に1冊の黒い本を渡してくる。

その本は伊奈野がとあるイベントで攻撃に使用した本へ黒い寄生虫が入り込んだものであり、見た目が厨二病臭いためあまり伊奈野は持っていたくなかった。

「あっ。そうですか。それはよかったです……必要ならもう少し持っていても構いませんけど」

封印というのがあまり明確に理解できてはいないが、寄生虫が出てこられないということだろうと考え安心する。それと共に、本はあまり必要に感じられないためそういうデザインが好きなのだと勝手に思ってる2人に押し付けようとした。

が、

「いえいえ。こんなものを私たちでは持っていられませんよ」

「強力なものではあると思うのですが、いかんせんその力は私たちとは相性が悪すぎるものでして」

拒否されてしまった。

(え？　今、こんなものって言った⁉　こういうのが好きなんじゃなかったの？……うるさい人は聖職者っぽいし、こういうデザインがあんまり合わないのは分かるけどさ)

伊奈野は自身の予想が外れていたことに気が付き驚愕する。そして、自分が結局これを押し付けられるのかと落ち込むのであった。

「……あっ。でも、その本はもしかすると司書が見たがるかも知れませんね」

しかし、ここで魔女さんが救世主を紹介してくれそうな雰囲気を出してくる。

「司書さん、ですか？」

「はい。図書館の司書は知らない本に興味を示しますし、この本にも興味を示す可能性はあるかと」

「なるほど」

図書館の司書。

そう言われると何度か入場許可などの関係で顔を合わせたことのある図書館の受付担当者の顔が浮かぶのだが、恐らく違う。別人だと思われる。

「その人ってもしかして、図書館の防衛がどうこうって言っていた人ですか？」

「あっ。そうですその人です、普段は禁書庫の番をしているのでおそらく師匠はお会いされたことがないと思いますけど」

「そうですね。禁書庫に行ったこともないですし」

伊奈野は出会ったことがない相手、以前その司書という単語を魔女さんから聞いたことがあったので、同じ人物ではないかと思ったわけだ。

ただ、

「わざわざ会いに行くほどではないですよね。というか、図書館は今入れないわけですし」

会いに行ってこの本を渡したいほどこの本を持っていたくないかと言われると、そんなことはない。

ただ仕舞っておけばいいだけの話だし、わざわざ勉強時間を削ってまでやりたいことでもないのだ。

さらに言ってしまうと、図書館は防衛能力強化のために立ち入り禁止となっていた。だからこそわざわざこんな小屋で勉強しているわけだし、図書館に向かっても会えるとは思えない。

ということで特に行動はしないと判断したのだが、

「あっ。図書館の強化終わったみたいですよ」

「え？　そうなんですか？」

どうやら終わっていたらしい。

そうなると司書云々は関係なく、

「じゃあ、また図書館に行って勉強して良くなるんでしょうか？」

「はい。良いはずですよ」

伊奈野の言葉に魔女さんは大きくうなずく。伊奈野はここにくる以前まで図書館で勉強をしていたし、図書館が開いているのにわざわざこの宗教的な宝物が置いてあるような建物にいたくはなかった。

なんとなくいつか入信してしまいそうな気がしたのである。

そんな会話を聞いて焦るのが、うるさい人。

「ちょ、ちょっと待ってください！　師匠。この小屋もお好きに使っていただいて構わないですからね!?　わざわざ図書館に行かなくても！」

「あっ。大丈夫です。失礼しますね」

「えっ、あっ！　ちょっ!?」

うるさい人の言葉に首を振り、伊奈野は転移する。

転移先は、少し懐かしさすら覚える図書館の個室である。

「ん？　何者ですか？」

転移直後、ワンテンポ遅れてくるようにして伊奈野の目の前へ誰かが転移してくる。

その顔には色濃く警戒の色が現れていた。

《称号『警備突破者』を獲得しました》

「もう一度お尋ねします。何者ですか？」

警戒した様子で伊奈野に尋ねてくるのは、メガネをかけた短髪の男性。

落ち着いた格好をしており、いわゆるクール系と呼ばれる雰囲気を醸し出している。

「何者といわれても、身分を証明するものは…………あっ。これとかどうですか？」

「ん？　それは…………なるほど。許可証をお持ちの方でしたか。邪魔をしてしまい申し訳ない」

「いえいえ」

伊奈野が取り出したのは金色の許可証。以前図書館へ入る際に許可証が必要だということで、伊奈野をお得意さんと呼ぶ店主さんから貰ったものである。

これを見せると相手もあっさりと引き下がり、

「…………ああ、そうだ。ご挨拶が遅れてしまい申し訳ありません。私はこの図書館で司書を務めている者です。どうかお見知りおきを」

「ご丁寧にどうも。あなたが司書さんなんですね」

「ん？　私のことをどこかで？」

伊奈野の納得顔に司書さんは首をかしげる。

その疑問に応えつつ、

「魔女さんから何度か聞いたことがあるんですよ。これ、どうぞ。お貸しします」

「え？…きゅ、急に何を!?」

伊奈野はアイテムボックスから1冊の本を取り出し、司書さんに押し付ける。その本は、先ほど魔女さんから司書は興味を示すかもしれないと言われていた黒い厨二臭のする本である。

いきなりであったので動きを固めてしまった司書さんは、その手に強制的に伊奈野から本を持たされることになる。

「この気配は邪神の!? あなた何者ですか!…………って、あれ? 何を書いてるんですか?」

司書さんは驚き質問するが、すでに伊奈野は問題集を広げて机に向かっていた。司書さんの声は届かない。

それどころか、

「きょ、強烈な威圧感。本当に何なんですか……」

称号の効果で周囲を威圧してしまうほどに集中し、さらに司書さんを困惑させることとなった。あまりにも意味不明なので司書さんは伊奈野の動きを止めて質問に答えさせようと考えるのだが、

「あっ! 師匠! もうこんなところに!」

「転移には追い付けませんね」

「…………おや。賢者様ですか。それに、教皇様もご一緒で」

実行に移す直前で、魔女さんが現れた。さらにその後ろにはうるさい人もついてきている。

2人とも突然消えた伊奈野は図書館にいるのだろうと予想し、わざわざ走って追ってきたのだ。

残念なことに2人は店主さんから腕輪を買っていないのである。

「あっ。もう師匠からその本貰ったの? 早いわね」

「え？　師匠？　この本？…………あぁ。もしや、この方は噂のあなた方の師匠ですか？　ということは、この本は例の邪神の分裂体である寄生虫の封印された本？」

「その通りです。もしや師匠は何も説明をしていらっしゃらないのですか？」

「ええ。何も聞いていないですね。今聞こうと思ったところなのですが」

３人の視線が伊奈野へ集中する。当の伊奈野は全くその視線に気づかず、ひたすら問題を解き続けていた。

その様子を見れば魔女さん達は察することができ、

「あぁ。無理よ。師匠は集中しだしたら、しばらくはたいていのことを無視するから」

「……………ぇぇ？」

普段はこれでもクールで落ち着きのある様子の司書さんだが、さすがに伊奈野があまりにもあんまりなのでドン引きする。

その表情が新鮮で面白いため、魔女さんやうるさい人は小さく声を漏らして笑っていた。その様子に司書さんは不満げな顔を見せるが、

「……………ん？　侵入者のようですね」

感じた侵入者の気配に意識を移す。

「あら。それの対策のために改造したのにまだ侵入はあるのね…………とはいっても、トラップとか新しくしたわけだし問題ないのよね？」

「ええ。そのはず……なのですが」

数日間図書館を閉めてかなりの改良を行った。だからこそ、この図書館の警備が簡単に突破されることはないと考えていたのだ。

伊奈野が転移してきたのは仕方がないとして、真正面から来るのなら余裕と言って良い。

「そのはずなんですけど、かなり突破されてますね」

「おや。大丈夫なのですか？」

「大丈夫かと言われると怪しいですね。いかんせん数が多いようで、9割ほどはすでに削ったようですが今の計算だと数名がここまでくる可能性が」

そこまで言った時だった。

遠くから声が響いてくる。

「「「……………ぇ様ぁぁぁ！！！！　お姉さまあああああああぁぁぁぁぁ！！！！」」」

とても。それはもうとてもよく響いてくる、息の合ったお姉様コール。

伊奈野以外の部屋にいる面々は、その声で顔を見合わせた。その声、というかコールに聞き覚えがあったのである。

「もしかして、私かしら？」

「そうでしょうね。お姉様と言えば、一部の人々が賢者様のことをそう言っているようですし」

「賢者のファンの方々でしょうね」

「…………………頭が痛くなってきたわ」

その声は魔女さんのファン達。自称「妹」達である。

どうやら小屋から図書館へ移動するところを目撃されたらしく、追いかけてきたようだった。

そのまま個室で待機する3人の下に、不思議パワーで妹（笑）たちは迷わずやってきた。

「どうする？」

「どうしましょうか？」

「賢者様の魔法は図書館内だと危険ですので、できれば私か教皇様で対応したいところですが」

とりあえず、部屋へ侵入してくるのならだれかが攻撃する。それは決まっていた。

決まっていたのだが、

「「「お姉様あああああぁぁぁぁ、ひぃっ!?」」」

お姉様コールが突然途切れ、悲鳴が上がる。

そしてそのまま、その集団は姿を消した。まだ3人は何もしていないというのに。

「……今のってもしかして、師匠の？」

「おそらくそうでしょう。師匠の威圧により恐怖で死亡したのではないかと」

「不思議ですが、まあ消えてくれたのならばよかったです。予想以上に素晴らしい方ですね」

姿を消した原因は、間違いなく伊奈野である。どうやったのかは分からないが、侵入者を撃退してくれたということで司書さんの伊奈野を見る目が明確に変わったことは間違いない。

ちなみに妹（笑）が消えた原因は、恐怖により現実世界で膀胱が決壊したことにある。

現実世界でのそういったことを感知すると強制的にログアウトさせられることになっているので、妹たちはキルされたわけではなくログアウトさせられたのだ。もちろんこの段階でログアウトさせられたからといって、間に合っているかどうかというのは全くの別の話だが。

………………………まあ、以前魔女さんもさらに伊奈野が集中している時にちびってしまっているので、愛しのお姉様とお揃っちということで許されるだろう。

ちなみに伊奈野のログには、

《ユニークスキル『必殺』を獲得しました》

というものが流れていたとか。

「……どうでした？　その本」

「ん？　終わったんですか？………この本、非常に面白かったですよ。初めて知ることばかりで新鮮ですね」

勉強途中の休憩で顔をあげた伊奈野は、司書さんへ質問を行った。司書さんにとっては唐突な質問なのだが、それでも気にした様子はなく本の感想を伝えた。

その手には、伊奈野が渡した黒い本が開かれている。

「では、しばらくお貸ししておきます」

「いえ。その必要はありません」

気に入ってくれたのであればこれ幸いと貸し出そうとした伊奈野だったが、あっけなく司書さんからは首を振られ断られてしまう。

気に入ったと言うのは口だけかと思い、気落ちしつつも納得しかけた伊奈野だったが、

「あなたが来る間だけお借りしていいですか？　何かあると怖いので。それに、一般の人がこれを見ると事情が分かっていたとしても恐怖を感じてしまうかもしれませんし」

「ん………なるほど。分かりました。良いですよ」

司書さんの言葉でもう一度納得する。

司書さんも興味はあるようだが、やはりこの厨二病臭い見た目の本を持ち歩くのは嫌なのだと考えたわけだ。知り合いから見られて変な勘違いをされるのは伊奈野も嫌だと思うし、それを受け入れる。

司書さんの今までの言動などを考えれば落ち着いた優しい人というイメージを作っているだろうし、それが急に痛い人という立ち位置に変わってしまうのは嫌だろう。

どうせ何度も来る予定はあるのだから、読んでもらう機会は多いはずだ。

なんてことを考えていると話題を司書さんが変えてきて、

「そういえばまだお礼を言っていませんでしたね。あなたの本、皆さんこぞって予約されていて1年後まで借りられなくなっているんです。ありがとうございます」

「え？　あ、はい？」

突然礼を言われ困惑する伊奈野。

だったが、すぐに思い至る。司書さんの言っている本というのは伊奈野が魔女さんに渡して教科書になっている本であるということを。

「あの本、図書館にも置いているんですか？」

「ええ。あそこまで様々な分野をカバーした本はなかなかありませんからね。置かせてもらっています。私も大変楽しませていただきましたよ。特に、生物の分類に関しては大変わかりやすく興味深かったですね」

司書さんはメガネをクイッと指で押し上げつつ感想を言ってくる。

ただ、伊奈野は苦笑をこぼすしかなかった。元々そんなに大勢へ見せるために書いたものではなかったのだから。

そうして少し複雑な気持ちになりつつも司書さんと話していくと、

「あっ。分かりますか？　あそこ書くの苦労したんですよ」

「ええ。よく分かりましたよ。あそこはたいへん素晴らしかった。ただ少し気になったのがここでして」

「あぁ～。なるほど。こっちにはこの考えは常識になってないんですね。これはこういったもので……」

最初こそ微妙な気分だった伊奈野だが、だんだんと話しているうちに楽しくなってくる。司書さんも知識欲が強いようで伊奈野の書いた本をかなり読みこんでおり、一部に関しては魔女さん以上に理解が深いのではないかと思われるほど。

おかげでお互い楽しい時間を過ごすことができた。

「あっ。じゃあ、私はまた勉強に戻りますね」

「ええ。どうぞ」

もちろん、きっかり10分間だけ。当然ではあるが、圧倒的に雑談よりも勉強時間の方が長い。

とはいえそんな知識欲の深い司書さんが伊奈野との話に関心を持てば、自然と彼女の行っている勉強というものにも興味が出てくるわけで。

「…………大変面白い文章ですね」

「ん？　これですか？」

伊奈野の解いていた問題。

それは国語。その中でも司書さんが見ていたのは、現代文。

「物語も独特で面白かったですが、この堅苦しい評論もなかなか」

「あぁ。これですか。かなり何を言っているのかよく分からないところもありますけど、面白いですよね」

国語の現代文はたいてい評論と物語に分けられている。

その中でも特に司書さんは、かなり堅苦しい文章で書かれていることが多くとても分かりにくい評論に興味を持ったようだ。

「少し見せてもらってもよろしいでしょうか？」

「え？　見せるんですか？……どうなんでしょう。ちょっと待ってください」

今までの魔女さんに見せてきた理系科目やうるさい人に見せた宗教史などの本は、あくまでも伊奈野がまとめて作ったものだ。

だが、国語の現代文はさすがにそうもいかない。自分で作るのも難しいため、ネットで配布されていたものを持ってきただけなのだ。

そういったものを目の前のＡＩに学習させるのは著作権の問題があるように感じる。

「……ん～。また今度で良いですか？　見せていいものなのか分からないので」

「おや、そうなんですか？　見せたらまずいものがある、と？」

「はい。私たちの方の世界の法律的に許されていないものかもしれないので」

「なるほど法律ですか。それは仕方がないですね」

法律。しかも現実世界のものを持ち出されてしまうと、司書さんもそれ以上要求することはできなかった。

だが、要求こそしないものの、

「2段落目と1段落目の関係性がなかなか面白いですね。最初で問いかけではなく……」

「あぁ。最近たまにこの傾向の文章があるんですよね。いつもは1段落目で問いかけて2段落目から問いの詳しいところを語っていくんですけど、問題の方でも詳しくは言えませんがそこに関わるものがあるんです」

見たものは覚えている。

だからこそ伊奈野と覚えている範囲で語り合うのであった。

伊奈野としても見られただけであり、自ら進んで見せたものではないので訴えられはしないだろうと考え、話を楽しんでいる。

そうなると、

《称号『図書館の貢献者』を獲得しました》
《称号『司書の読み友』を獲得しました》

というログが流れるのも当然だった。

もちろん気づくことはないが。


「…………さて、そろそろ私は戻りますね」

「あっ。お疲れ様です」

「お気をつけて」

そんな流れで朝使える時間を最大限使った伊奈野。

しかしそろそろ時間的に学校へ行かなければならず、断りを入れていつものようにログアウトしようとする。

が、

「ああ。帰られるのですか？　でしたら少しお待ちを」

「ん？　ああ。まだお貸ししたままでしたね」

司書さんが待ったをかけ、伊奈野から借りていた黒い本を返してくる。

（ちぇっ。しばらく司書さんに押し付けておこうと思ったんだけどなぁ）

そして、黒い本とともに、

「一応図書館の利用ができるということで襲われた時のために、防犯用のスキルをお渡ししておきますね。ご活用ください」

「ん？　防犯用のスキルですか？」

伊奈野が首をかしげる。気づいていないが、ログには、

《スキル『牽制魔弾』を獲得しました》

というものが流れていた。

「手をこのような形にして『牽制魔弾』と唱えると指先から小規模な爆発と共に麻痺効果を付与する魔弾が発射できます。あまり魔力の消費もありませんし、何かあった際にはご活用ください」

「お気遣いありがとうございます」

図書館も警備を厳重にしなければならないような事態となっている。利用者にもある程度身を守る力が必要なのだ。

伊奈野はそのことを理解し受け取り礼を言う。

そして今度こそ、現実世界へと戻っていった。その後は朝食をとったり色々な準備をしたりして、

「………いや～。アップデートのおかげで忙しいですわ！」

「ん？　そうなの？」

「そうですわよ。でも、色々とあったおかげでよさそうな問題を思いつきましたの！　ということで、出題ですわ！」

「おぉ。何々？　ワクワク」

「そ、そんなに期待されると自信がなくなってきましたわ………」

そんな話をしつつ使用人である瑠季と共に学校へ向かう伊奈野。彼女は昨日アップデートで利用できなかったという経験をしたものの、アップデートで何が変わったのかなど一切知らない。

その後はいつも通り自分で勉強していた方がよほどマシな授業を受けつつ学校を乗り越える。

そして、帰宅するとすぐに宿題を終わらせてゲームの世界へと向かうのだが、

「あっ。今は混んでるんだ」

朝は何もなくログインできたのに、今回は警告表示が出てきた。サーバは強化されたはずだが、それでも海外から来るプレイヤーなども含めると耐えられないのである。

「仕方ない。あっち行こう」

日本サーバが使えなくとも、伊奈野には代わりになるサーバが。宗教勧誘少女とうるさい人が待っている小屋がある。

せっかく使えるようになったばかりの図書館があるというのに行けないのは残念だが、勉強はできるので問題があるわけではない。

「今日もうるさいだろうなぁ」

待ち受ける2人の面倒くささを思い出しつつ、伊奈野は小屋へと向かう。しかし、

「ん？　今日は人が多いね？　お祭りか何かかな？」

小屋への道の途中、やけにいつもと比べて人が多いように感じた。しかも、すれ違う人が、だ。

誰も伊奈野と同じ方向に進んで行くような人は存在せず、皆一様にまるでその場所から離れていくかのように移動していく。どこか焦っているようにも見えないこともない。

大通りで祭りなどでもやっているのかと思うことで伊奈野は納得しているが、そんな様子は一切見受けられなかったし明らかにおかしい。

「……………こんにちは」

「ん？　ああ。お久しぶりです」

「お久しぶりですね。ちょうどよかったです」

おかしい状況だが、小屋まで問題なく来ることができた。

小屋には2人もいる。

安心していつものように勉強へ移ろうとするのだが、

「ちょうどよかったって、何かあったんですか？」

伊奈野は宗教勧誘少女の言葉が気になった。

それで目線は机に広げた問題集に向きながらも、いつもとは違い無視はしない。

とはいえそこまで重要なことでもないであろうし集中して聞こうとも思っていなかったのだが、

「実は、この地区一帯が攻撃を受ける予定なんです」

「ふぅん。攻撃ですか。大変ですねぇ…………………………………え？」

適当な返事。

しかし、内容をはっきりと理解するとその動きが止まる。

それもそうだろう。こんな雰囲気で急に攻撃なんていう言葉が出てくるとは全く思ってもいなかったのだから。

「私たちが邪魔だという話になっているようでして、私たちの拠点としている具体的な位置が分からないからとこの周辺がすべて攻撃を受けるようなんです」

「…………はぁ？」

理解できない。できるわけがない。しかしそれが現実なのだ。

それこそこんな会話をしている間に、
ドオオオオオォォォォォンッ！　という大きな音。

それと共に、小屋全体が揺れる。

「ああ。始まりましたね。それでは結界を張ります」

「それでは私も私で逃げる用意をしておきましょう」

「お願いします」

「…………………………え？」

伊奈野が理解できない中、爆発音はさらに響いてくる。

それでも少し爆発音が遠くなったと感じるようになるとだんだんと意識を取り戻してきて、小屋の扉を開けて外を見てみれば、

「これが結界、かな？」

攻撃を受ける地区だと思われる広いエリアに、大きな半透明の壁と天井のようなものが作られている。今まで見たことがなかったが、これが宗教勧誘少女の言っていた結界であるということは予想できた。

何度もその結界のどこかへミサイルがぶつかっては音だけを響かせる。

様子を見る限り、この結界というものが壊れそうには見えなかった…………が、結界をより詳しく知っている2人は、

「どうですか？」

「ん～。難しいですね。耐え切れないです！　逃げましょう！」

「そうですか…………では私たちは逃げますので。あなたもお気をつけて。結界は残しておきますから逃げる時間くらいはあるはずです」

うるさい人からかけられる言葉。それは、別れの言葉。

冗談だと思いたいが、伊奈野の眼には次々と小屋の宝物が消えていく様子が映っている。

「それでは、またどこかで」

「え？　あ、はい」

2人は、短い言葉と共にその姿を消す。伊奈野の返した言葉はぎりぎり聞こえていたように見えたが、だからどうしたとしか言えない。

伊奈野は1人、爆発音の響く結界の中ぽつんと取り残された。

「…………………………どうしよ」

結界を張っておくから逃げろと言われたが、逃げたところで勉強のできる場所など知らない。

伊奈野は途方に暮れるしかなかった。

とりあえず、

「ムカつくし、『牽制魔弾』」

腹いせに結界の外のミサイルを撃ってきている方向へ向けて、護身用のスキルを発動させた。


「神の名をかたる愚か者を粛正せよ！」

目障りな、今やほんの数人しか信者がいないような、大勢の教徒が存在するX教とは大違いな宗教の教皇と聖女。

その2人と拠点をミサイルによる爆撃で壊滅させ断念させるつもりだった。しっかりとX教のシンボルが入った神聖なミサイルを使って、である。

しかし、

「結界だと?」

「ふざけたものを使いおって!」

ミサイルは最初の1発こそ区画にある居住地の1つへ命中したのだが、それ以降は結界によってすべて防がれてしまっていた。

ここまで10発以上撃ち込んでいるが、壊れる気配は見えない。

「……そう焦るな。向こうはたいしたこともできないだろう。こちらにはまだミサイルが大量にあるのだから、多少粘られたとしても問題はない」

「あっ。す、すみません隊長」

「そ、それもそうだな。向こうは攻撃できないんだし」

結界が邪魔でイラついていたプレイヤーたちであったが、他の者達よりいっそうでかでかとX教のシンボルが描かれた帽子をかぶった指揮官の言葉により一時的にその感情が落ち着く。

ここまでミサイルは防がれているが、今撃ち込んでいる以上にミサイルは存在しているのだ。それこそ、数百発という数が存在している。まだまだなくなることはないのだから、予想以上に相手が耐えたとしてもどうにかなる。

そして何より、向こうが何もしてこないと確信していることが大きかった。

「あの愚かな邪教で一定以上の地位に就くと、聖属性以外が使えなくなる。つまり攻撃はできない」

「結界で防御とか補助魔法で支援とか回復魔法で回復するとかはできますけど、攻撃手段が一切ないというのは愚かですね。攻撃こそが身を守る最高の選択であるというのに」

教皇と聖女は、直接的な攻撃ができないとされている。

基本的に物理戦闘系のスキルは覚えられないし、魔法も攻撃系はアンデッドの浄化用魔法くらいしか覚えられない。逆に回復や防御、補助といった面では秀でているが、それでもスキルが使えないのであれば攻撃ができずジリ貧となるのである。

「ふっ。勝ったな」

だからこそ愚かにもフラグを立ててしまうのだ。風呂にでも入っている間に負けていそうなフラグを。

ミサイルによる攻撃を繰り返していた彼らは、その派手さが故に弱っちい魔弾が飛来してくることに気が付かない。

「ん？　何、」

気づくのは、ポンッという軽い破裂音がした後。

しかしその時ではすでに遅い。遅すぎた。結界を攻撃するには余裕があるなんて思えるくらいには、そこにミサイルを置いてしまっているのだから。

「っ!?　マズ、」

気づいたときには完全に手遅れ。

小規模と言えど爆発が起これば、ミサイルの誘爆が発生する。そして1つミサイルがその場で爆発すれば、また周辺のミサイルがと次々と、連鎖的に誘爆が引き起こされる。

数秒もしないうちに周辺にいたすべてのプレイヤーはリスポーンしていた。

NPCも多く集まっていたが、死者こそ出ていないものの重軽傷者多数。それこそ、聖女と言われる存在の魔法か非常に高級な薬でしか治せないほどのものも出ていた。

「…………おのれ邪教徒共おおおおおぉぉぉぉぉ！！！！！！！」

指揮官の恨みのこもった叫び声が、リスポーン地点でむなしく響いた。


しかし、不幸はそれだけでは終わらない。

すでに彼らのサーバでは、ワールドコアというものに邪神の生み出した寄生虫が寄生してしまっている。そのため、邪神が都合のいい時にそのワールドコアというものを使っていろいろとできてしまうのだ。

ワールドコアにも様々な使い方があるのだが、その中の1つとして邪神が今回選んだ使い方は、

「ガアアアァァァァァ！！！！！」

咆哮《ほうこう》が響く。

一声聞こえてきたかと思うと、さらにそれに続くように2つ3つと増えていき、

「な、なんだ!?」

「お、おい！　あれ見ろ!!」

「あれは……魔物!?　なんでこんなところに魔物が!?」

リスポーンしたプレイヤーの視線の先。そこには大量のモンスターが現れていた。

本来は街の中に魔物を出すことは難しい上にもし出したとしてもすぐに討伐されるのだが、今はミサイルの連鎖爆発という不測の事態が起こっている。そのためその隙を邪神は逃さず、これ幸いと魔物を送り込んできたのだ。それはもう、かなりのリソースを使って。

そんな様子を見てしまえば、誰しも危機感を抱いてしまうものであり、

「私たちも行くべきでしょうか？」

「教皇様、私たちに武器を向ける彼らを助けるつもりなんですか？」

「武器を向けてきたのは基本的に外から来た者達です。元からこの世界で生きていた人々はせいぜい石を投げる程度でしたし、見捨てるほどではないでしょう。それに何より、ここで人々を大量に失えば邪神に対抗できなくなってしまいます」

教皇や聖女と呼ばれるような存在たちもまた、危機感を感じていた。

2人はX教の影響により迫害を受けているため、聖女は人々を守る必要性に懐疑的だ。しかし、教皇としては彼らを守らなければ邪神に勝利できなくなる可能性があると考えている。

「守りましょう」

「…………分かりました。教皇様がそうおっしゃるのであれば、私は従います」

教皇が人々を守ることを決め、聖女が渋々ながらも承諾する。

ただ、まず彼らがミサイルの爆撃から逃れるために逃げた場所というのがまずモンスターの出現位置から少し離れている。そのためそこから急いで向かったとしてもその時には、

「うわあぁぁぁ！！！？？？？」

「こ、こんなの勝てるわけないだろ！」

プレイヤーたちはほとんどが負けるか逃げるかしてしまっていた。NPCに関してはほとんどが逃げに徹しているようで姿があまり見られない。

姿を確認できたNPCも、英雄と呼ばれる強力な存在くらいである。そこには衛兵すら見かけることができなかった。

「衛兵たちは………先ほどの爆発で起きた火事の対処に当たってるわけですか。これは幸運でしたね」

「そうですね。魔物との戦いになっていれば、間違いなく今よりも死傷者が桁違いに増えていたでしょう」

教皇と聖女はそんなことを話しつつ、それぞれモンスターの殲滅《せんめつ》へ向けて行動を始める。

まず、聖女がNPCや戦っているプレイヤーに対して回復魔法を使い、それと同時に彼らへ教皇がバフをかけていく。

これだけでも戦況へ与える影響は大きく、

「いける！　いけるぞ！」

「俺たちは負けない！　獣風情に神の寵愛を受けた俺たちが負けるわけがないんだ!!」

プレイヤーたちはよく分からないがとりあえず自分たちに有利な何かが来ているということで、勢いを盛り返して反転攻勢に出る。

かなりの強力なモンスターが相手ではあるが２人の支援の力は大きく、状況はあっという間に好転していった。

だが、そうして英雄の２人が活躍しているのだが、

「くっ！　剣が上手く当たらない!!」

「た、盾がぶつかる……くっ。鍛錬が足りなかったか！」

「杖の狙いが定められない！」

他の英雄たちは苦戦していた。

X教に入信してから数か月というそこそこ長い月日は流れているのだが、いまだに彼らは装着する新しい服装や装飾に慣れないのだ。

神聖なものである服や装飾を傷つけるわけにはいかないためあまり激しい動きをすることはかなわず、慎重に動いていたら結局たいしてモンスターにダメージを与えられない。いちおうこれまでも鍛錬は重ねてきていたのだが、伊達に彼らが有能で英雄という高い立場と名声を得ていたがために現実世界から侵入してきたX教で高位の存在とされたこともあり身に着けるものは一般の者達よりも大きく重く、それでいて豪華で派手な物へと変化している。取り回しづらく動きづらいのは当

然であった。

英雄がそうであると、戦っているプレイヤーたちの健闘はより目立ち、

「やっぱり外の人たちは素晴らしい方々なんだ！」

「あぁ。神よ。愚かな私たちをお救い下さい」

「祈りの歌をささげましょう」

「キャアァァァァ！！！！　素敵ぃぃぃ！！！　かっこいい！！！」

「僕もいつかあんな人になりたいな！」

その様子を見ていた非戦闘員のＮＰＣたちが彼らの神聖さを再認識し、彼らの神に向かって祈りの歌を歌いだしたり歓声を上げたりる。民衆たちの歓声などによりほとんど祈りの歌などはかき消されてしまうが、かき消された者達は特に気にした様子もなかった。それよりもよほど、その祈りを継続し続ける方が重要なのだろう。

逃げたプレイヤーや負けていったプレイヤーのことなどすっかり忘れてしまったように、彼らはプレイヤーたちへ多大なる感謝を抱きながら声を上げ続けるのであった。

そしてその祈りの力や応援の力が通じたように、どこかの少年漫画の主人公のごとくプレイヤーたちは奮闘していく。

こうして多くのプレイヤーと街の建造物を犠牲にし、人々はモンスターを討伐して勝利と一時的な平穏をつかみ取った。教皇と聖女からの支援に気づかず、この結果は神の加護と祈りの力だと考えながら。

そうして脅威が去ると、こうなった原因を邪神が操ったワールドコアだとは知らないプレイヤーたちは、

「あの邪教徒共、邪神とつながってたんじゃないか？」

「ありえるな。そうじゃなきゃこのタイミングでモンスターが出てくるのもおかしいし」

「邪教徒を許すな！　殲滅しろ!!」

タイミングの問題もあり、モンスターを生み出した邪神と教皇や聖女につながりがあったのではないかという疑いが向けられる。

そうなればさらに捜索や結界の破壊に力が入るわけで、

「逃げましょうか」

「そうですね。私たちが邪神とつながっているなんて言われるのは不快ですけど、出て行って否定しても意味はないでしょうし黙っておきます」

2人は逃げる。誰も知らない彼らのもう1つの拠点へと。

そんな中、彼らの捜索を行うNPCの数人は、

「邪神とつながってる？」

「絶対にありえないとは言わないが………とりあえず探して捕らえればわかることか」

命令をされて、そして自分たちも真実を知りたかったため、聖女と教皇の捜索へ向かう。

英雄と呼ばれる彼らであれば、同じ英雄である教皇や聖女にも同等かそれ以上の力の差で戦うことが可能だ。このまま動き出せば、見つけられて捕らえられる可能性も低くはない。

しかし、

「っ!?　体が！」

「何だ？　上から降ってきたぞ？」

突然上から降ってきた魔弾。

それが命中して数秒ではあるが彼らの動きが止められる。たった数秒ではあるが、それだけでも十分な違いだ。再び英雄たちが動き出すころには、すでに教皇や聖女はその間に追いつかれないだろう場所まで到達していた。

「誰かが攻撃してきた。そいつを探す方が優先ね」

「そうだな」

さらには英雄たちが標的を魔弾の主へと変更したため、２人が見つかり捕らえられる可能性はほぼ皆無に。

そうして優先された魔弾の主だが、魔弾は上から降ってきたこともありどこから放たれたのかは分からなかった。広範囲で捜索が行われるが知られている教会の攻撃ではなかったため、範囲は結界の外だけ。

分かり切った結果を先にいってしまえば何も見つけられなかったのだが、その間に頭の冷えてき

た英雄たちは、

「………明らかに途中で使われた回復と支援は、聖女と教皇のものだったわよね？」

「そうだな。本当に邪神とつながっているのか？」

それはほんの少しの、小さすぎる違和感。

しかし今までに感じたことのない、初めての違和感となった。これが消え去るのか芽を出し大きくなるのかは、たった1人の少女にかかっている。本人がそれに気づいているかどうかは別として。

「…………なんかあっちが騒がしいね。適当に『牽制魔弾』」

そんな無自覚な重要人物は、適当に騒がしい方向へ何度か腹いせの『牽制魔弾』を放ちながら結界から抜けるように動いていた。

「思ってたより、すんなり抜け出せたね」

音などから人の気配を探りつつ、タイミングを見計らって結界の外に出る。かなり厳重な監視体制なのではないかと警戒していたのだが、予想以上にザルだった。というか、どちらかというと人がほとんどいないと言ってもいい。

通っていく人も、焦った表情で慌ただしくどこかへ向かっている様子。

「さっきかなり大きい音がしたし、強い攻撃とかするのに人が必要だったのかな？」

少し前にかなりの爆発が起こった音や何かが叫ぶような声がしていた。大量の攻撃をするならそれだけ人手も必要で、警備に回せるほどの人材がいなかったのだろうと考えて伊奈野は納得する。

そのため、いつものようにいくつものレベルアップのログにも、

《称号『爆弾魔』を獲得しました》
《称号『弱いなんて言わせない』を獲得しました》
《スキル『爆撃1』を獲得しました》

こんなログにも、気づくことはない。

たださすがに、そんな彼女であっても、

「う、うわぁ、もしかしてさっきの人たちってこれから逃げてた人なのかな？　ミサイルで檻が壊れて脱走してきちゃった感じ？」

気づくことはある。

伊奈野の目の前には、明らかに愛玩動物や家畜ではないということが分かる見た目のモンスターが牙をむき出しにして彼女を睨んでいた。モンスターは狼に外見は近く、敏捷性《びんしょう》の高そうな雰囲気を出している。

となると、当然判断としては、

「逃げられないよね。おとなしく戦うしかないかなぁ」

速さで勝てないのは考えなくても分かるようなモンスターの見た目であるため、伊奈野は戦うことを選択せざるを得ない。

ただ戦おうにも彼女にまともな武器など存在せず、

「ま、また私の本の角アタックを出す時が来ちゃったか〜」

余裕がありますとでも言いたげな笑みを伊奈野は頑張って浮かべるが、その中に隠しきれない緊張と不安が渦巻いている。それでも一度使って戦闘に勝利した実績があるため、伊奈野はほかの選択肢を考えることもなく本を選択した。

外部からダウンロードしていたデータを本としてこのゲーム内に再現し、片手に持って構える。

「来るの？　来るのかな？」

本を顔の前に持ち上げて保ち、いつ仕掛けてくるのかと警戒しながらモンスターとにらみ合う。

そのまま10秒ほど経過するかと言ったところでついにしびれを切らしたのか、

「ガアアアアアァァァァァァァァ！！！！！！！！」

「っ!?　来た!!」

一気にモンスターが駆け出し伊奈野との距離を詰めてくる。

5歩分ほどの間合いがあったにもかかわらず一瞬でそれが詰められて伊奈野は驚愕するが、それでも驚いたままでは負けてしまうのですぐに正気を取り戻し、

「必殺！　本の角アタ〜ック☆」

伊奈野の信頼する攻撃、本の角アタックが繰り出された。

なんとなく伊奈野が本を振り上げる前に飛びかかってくるモンスターの顔面へ本が衝突し、しかも伊奈野の言葉も必殺！　を言い終わったくらいの段階だった気がしたが戸惑うことなく最後までやり切る。

振り上げた本を伊奈野が想定するモンスターの頭へと思い切り振り下ろし、
スカッ
「あれ？………おっとっと」

何も抵抗や感触がなく伊奈野の腕は空を切る。本気で力を込めて振り下ろしたためよろけて隙ができるが、それでもそこを攻められて大ダメージを受けないようにできるだけ早く体勢を戻す。

そして周囲を確認し敵の位置と間合いを把握しようとしたのだが、

「…………ん～？　どこ？」

伊奈野の目の前には、いない。モンスターがいなくなっていた。

（どういうこと？　死角に回り込まれてる？　それとも姿を消せるタイプの能力を持ってるとか？）

疑問が尽きないが、警戒は切らさない。いつ攻撃が来ても対応できるよう、じっと構えて周囲を常に警戒する。

そんな状況が、数秒、十数秒、数十秒と過ぎていき、

「…………あれぇ？　全然来ないんだけど。もしかして、逃げられた？」

あまりにも来ないためもう流石に攻撃はないだろうと考えて構えを解き、伊奈野は首をかしげる。

そうして無防備になっても全く攻撃されないので、もうモンスターが攻撃をしてこないというのは間違いない。

しかし、それが単純に姿を消しているだけなのか、逃げただけなのかは伊奈野にはわからなかっ

た。

「不思議なモンスターもいるんだねぇ」

そんなことを言って首を傾げつつ、伊奈野はその場を離れるように歩いて行く。

当然そんな彼女は、モンスターが本にぶつかったときにすでに完全に消滅したことなど分かってなどいなかった。回避や攻撃などの動きの方に注目していたのだから、本に吸い込まれるようにして消えていたことなど予想もしていなかっただろうし気づくわけがないだろう。ただただ軽く攻撃をしかけてくるようなふりをしてどこかに行っただけの存在だと思ってしまっているのである。

とはいえ、伊奈野はその真実をそれ以上真剣に考えることはしない。

それよりも優先するべきことがあるのだ。勉強をできる場所を探すという非常に大切なことが。料金を払って得ていた場所を失い勉強できる空間が消えてしまったが、それで勉強を諦めるような伊奈野ではないのである。

たとえ何があろうと彼女の毎日は、

「なぁ。そこの若いの」

「はい？　何の御用でしょうか？」

「望みはあるか？」

「望み？　急に望みとか言われても、ちょっと勉強をする場所が欲しいとかそれくらいしかないんですけど」

「ふん。ならば、ダンジョン運営に興味はないか？」

「え？…………あっ。それなら勉強できそう！」

勉強日和なのだから。

たとえ彼女の活動する空間が暗く岩肌が見える場所だとしても。新しい勉強場所が所謂ダンジョンだとしても、勉強日和であることに変わりはない。

VRGAME DE KORYAKUNADOSEZUNI
BENKYO DAKESHITETARA
DENSETSUNINATTA 1...

特別コマ▶黒本日記

『クククッ。あの愚か者共はきっと気づかぬだろうな。こちらに考えなど及ぶはずがない。この圧倒的な存在に手も足も及ばぬ経験をしたからなぁ』

勝利を確信し今からこの先に現れる結果が楽しみで仕方がないというような声。その声の主は、邪神。過去に世界を滅ぼさんと攻め込み、多大なる被害を与えたものの世界中のまとまったすべての存在により激しい抵抗にあった末、世界から追放されてしまった先の時代の敗北者。

しかしそれで終わるほど邪神も弱くはなかった。今、再度世界を征服せんとして溜め込んだ力を使い乗り込もうとしている。しかもこの邪神の厄介なところは自身の力に自信を持っているものの、それに傲《おご》ることなく失敗を糧にし改善できるところである。ギリギリではあったものの前回追い返されてしまったことを考え、そこからさらに自身への対策が相手側も進んでいると考えた邪神は頭を使い、からめ手も交ぜて行動を起こし始めていた。

そんな邪神が選択したのは、自身の分体と言っていい存在を生み出しそれに奇襲を行なわせることと。しかも本体と言ってもいいような自身を囮として使うという大胆な手を取るのだ。当然邪神の脅威を知っているだろう世界の者たちは邪神の本体の対処に追われ、こそこそと動くそれには気づくことができない。

ただこれは、賭けに近い行為とも言えた。邪神は自身を絶対的な存在であり誰もが自分に対抗するため自分の下に集まってくると考えているが、もしそうでなかった場合は失敗に終わってしまうことがあるのだ。

それこそ、もし英雄などと言う存在にその仕掛けた罠が見つかってしまえば簡単に消されてしままう可能性が高い。

さらに問題をあげるとすれば、もし英雄に見つかったとして分体が逃げることが非常に困難だということもある。それは高い知能を持たず、ただ1つの欲求を持つことだけを設定して作られた存在なのだから。もし英雄に見つかっても対応できる知能がなく、どうすることもできないのだ。

それこそ本能的過ぎて考えているようなことなど、

（食べたい。食べたい食べたい食べたい食べたい！　今！　あれを食べたい！）

くらいである。

この存在を使い邪神が狙っているのは、ワールドコアという世界のバランスを操作するもの。ということで、そのワールドコアをおいしいものととらえ食欲により接近し確保させるように設定されているのだ。

もちろん食べると言っても本当に食べてしまうと貴重なそのワールドコアは砕け散ってしまうため、それはワールドコアと接触し融合するように設定されている。融合させワールドコアを乗っ取り邪神の好きなように動かせるようにするのである。

そういった特性を考えれば、それはある意味寄生虫という表現が近いのかもしれない。

設定された通り、寄生虫のようなそれはワールドコアのことだけ考えて、ワールドコアに向かい食欲に任せて全力で進む。

だが、少しでも早く食べたいと思ってはいるのだがなかなか近づけない。さすがに速い移動速度は邪神も与えてくれなかったようで、少しずつしか進むことができないのだ。それに焦るように寄生虫は欲求をますます大きくしていくのだが、それでも体の動きは変わることなくゆっくり、ゆっくり…………。

そんな動きが遅いことが仇となり、

「ん？　何だろう？　スライムかな？」

ワールドコアとの間に入り込み、立ちふさがるものが現れる。百合の間に挟まる男くらい許してはいけない存在だろう。

その存在は、寄生虫が何か感じるほどではないものの不思議な存在である。

熟練の魔法使いなのだろう雰囲気と服装をしているのにもかかわらず、その見た目は若い。あまり熟練と言っていいほどの経験を重ねてはいないような、そんな見た目をしていた。

「ん？　スライムじゃ、ない？　何これ？　これスライム枠なんだろうけど、あまりにもひどすぎない？　デザイナー変えるべきだよね…………まあ、見た感じそこまで強そうには見えないし、これを倒して終わりで良いよね？」

その不思議な存在が熟練の魔法使いでいられるのには、当然理由がある。それは彼女が、プレイヤーだからだ。

外の世界から来た彼女たちは死が終わりではなく、ある程度危険な場所にも平気で行くことができる。そのため、効率よくスキルを鍛えレベルを上げることができるというわけだ。もちろん立ちふさがるそのプレイヤーが危険に身を投じたのかというとそれはまた話が変わってくるのだが。

ではそんな立ちふさがったプレイヤーは何をするのかというと、もちろん立ちふさがるだけでは終わらない。寄生虫を倒そうとしてくるわけだ。

寄生虫は攻撃能力が高いわけではなく目の前のプレイヤーを倒すのは不可能。

だが、だからと言って何もできないわけではなく、

「……あっそうだ。これで攻撃しても勝てるはず!! この丁度良い重さ、握り易い分厚さ、そしていい感じに直角になった角！」

プレイヤーは武器を取り出す。その動きは、少なからず寄生虫へと影響を与えた。

その取り出された武器が、ほんの少しだが、

（おいしそうな匂い！）

おいしそうなものに感じられたのだから。

さすがに邪神も何も戦闘面に関して対策をしなかったわけではない。それは寄生虫であるため、寄生虫らしい戦い方のようなものを擁しているのだ。

「さぁ行くよ！　必殺☆本の角アタ～ック！」

振り下ろされる武器。というか、本。なぜか本を武器代わりにして攻撃が行われたのだが、とりあえずその本もまた武器として設定されていることは間違いない。

それならば寄生虫としても問題なく、その本が寄生虫に触れるという瞬間に寄生虫側から動いてパクッと本を食べる。とはいっても寄生虫なので、どちらかと言えば入り込む形なのだが。

「あれ？」

当然ながらプレイヤーは困惑。なにせ、一瞬にして寄生虫が消えてしまったような形なのだから、

状況を理解できるはずもない。倒せたのではないかなどと勝手に考えて1人で納得していたりもするが、そんなはずもなく。

寄生虫は、本の中にいた。しかも寄生虫なのだから当然中にいるだけでなく、力を奪い取り耐久値をゴリゴリと減らしている。それこそ邪神が寄生虫に与えた力から考えれば、大抵の武器など10秒程度で破壊できてしまうくらいにはその食べる量は多くペースは速い。それほどまでの力が寄生虫にはあるのだ。

しかし、それだけの力があるにもかかわらず、寄生虫は数十秒後もずっと本の中に留まることになってしまっていた。いつまでもいつまでも食べているのに全く減る様子がないその本の中。しかし寄生虫は高い知性を与えられていないためおかしく思うこともできず、そしてたとえおかしいと思えたとしても寄生虫に自分から装備の中を飛び出す能力はないため出ることもできず。

知らぬ間に寄生虫は詰みの状態になってしまっていた。それに本人（？）が気づいていないのは良いことなのか悪いことなのか。判断の難しいところだろう。

ただ決して寄生虫はこの本を食べることで満足することはなく、ただただワールドコアを目指し続けるのは間違いなかった。それこそワールドコアはすぐそこにあるのだから、寄生虫もその勢いを弱めることはない。それがどれだけ不毛なことだとしても。

正直この寄生虫に関しては運が悪かったというほかないだろう。ここ以外にもいろいろな世界に寄生虫は放たれているが、どれも発見されたからと言って本に閉じ込められるなんていうことにはなっていないのだ。閉じ込められるどころかすぐに装備を破壊し、さらにはその装備の力を奪って強化されワールドコアへと向かっていくのである。それにもかかわらずこうして最初に見つかった相手が完全に寄生虫を封じ込めてしまう、無限の耐久値がある本を持っていてそれを武器として使ったことがイレギュラー中のイレギュラー過ぎたのだ。

だがそこまでの星の下に生まれてしまった寄生虫なのだから、残念ながらさらに振り回されることになる。悪いことというのは、手加減をしてくれないのである。

「じゃあ、これで私は帰らせてもらおうかな。少しは役に立ててたらいいんだけど」

その寄生虫を封じ込めた本の所有者は、寄生虫がどういう存在かは理解していない。しかし、理解していないが最適な対処をしてしまう。

それが、寄生虫の目的であるワールドコアから寄生虫を遠ざけてしまうということなのだ。

しかも、寄生虫がどれだけ頑張って移動したとしてもワールドコアにはたどり着けないような、そんな場所に。

ただ、そんなことをされれば当然寄生虫とて気づく。目的のワールドコアがとても近くにあるように感じていたのに急に近くから消えてしまったのだから。困惑して慌てるということはないものの、そんなことになるような想定はされずに作られているため反応はひどいことになる。それはもう、バグと言っていいものがいくつも出てくるのだ。

もちろんそれらはすべて、本から出ることや本を破壊することなどには一切つながらないが。

ただそのバグを突いて、邪神と敵対する神という存在がその寄生虫に手を加え始める。混乱している部分を補うようにする代わりに、その寄生虫が入っている本との結びつきをより強め、本と寄生虫を一体化させようとする形だ。

ただそうしていても寄生虫は本質の部分まで変わることはなく、自分がまだ本の中にいるということは変わらないため、自分で自分を食べ続けるということをしていた。何とも不思議な状態であることは間違いないだろう。

ただ、そんな不思議な状態をよりややこしくすることがまだ起きる。

「さぁ。早速続きをしようか！」

本の所有者が寄生虫の入っているものとは別の新しい本を取り出す。

ここまで邪神の計画を完璧につぶしたと言ってもいいそのプレイヤーだが、決してゲームをすることが目的でゲームをしているわけではなかったのだ。

その目的は、勉強。ゲーム内であるにもかかわらずほとんどの時間を勉強に使っているのだ。

そしてまた、寄生虫が入り込んだ本や新しく取り出された本もその勉強のためのもの。武器として使われはしたが本来は勉強のためだけのものだったのである。

そんな勉強に使うというかなり大事そうなものなのだが、当然と言えば当然であるものの寄生虫が入り込みさらに手が加えられて寄生虫と一体化させられているため元の状態と全く同じということはなく、

「え？　何これ？　いつの間にこんなに黒く!?」

所有者の意図せぬ間に、本は寄生虫の影響によって真っ黒に染め上がっていた。それに驚いたことにより所有者の体が動き、寄生虫の入った本は新しく取り出された本と接触する。

その瞬間、

「え？　消えてる!?　…………って、黒いのが移っていってるんだけど!?　え？　え？　え？　何！　本当に何!?」

寄生虫の入っていた方の本が消え、新しい本に入り込んでいく。

寄生虫は本と一体化して、いろいろといじられたものの本能的な部分は変わらず、食欲をもっている。ただそれでも全く変更が加えられていないわけではなく、食欲がわく対象をワールドコアや装備の類から変更されたのだ。それも、丁度良いのか悪いのか、本というものへと。

当然そんな風な書き換えが行なわれた本能のままに生きている寄生虫が新しい本を逃すはずもなく、あっという間に新しい本も寄生虫の影響を受けて真っ黒くなっていた。

しかもただ寄生虫が寄生しただけでなく今までの寄生虫が体として使っていた本もそのまま入り込んだため、本は余計に分厚くなっている。さらに言えば、その分厚い本すべてが寄生虫の体と一体化しているような、そんな感覚になっていた。

もちろん寄生虫がそんなことをしてしまえば所有者は困惑し慌て、黒くなった本を持って訳も分からず振り回す。ただそれで何かが変わるということもなく、寄生虫は食欲に任せ自分で自分を食べるという訳の分からない状態をただただひたすらに続けていた。

書き換えられた寄生虫としてはある意味それは幸せなことで、本を食べることは幸福感と達成感をもたらしている。書き換えられる前と違い自身の体もよりおいしく感じられるようになっていて、もうそれだけで十分満足できそうなほど。

しかしそれでも欲求というものは止まらないもので、周囲にある新しいものにも十分興味は示されていた。所有者が寄生虫を連れてきた場所は小さな小屋でありその中にはいくつか宝物などが飾られているのだが、それ以外にも一応どこかの宗教の教本などの類もありそれを寄生虫は食べたいと欲している。どうやらこの場所にも餌はあるようだ。

もちろん、それが許されるかどうかは別の話だが。

そして、さらに言うとそんなことを望んでいられる余裕があるのは今の内だけであるというのが現実であった。本に閉じ込められワールドコアから引き離されいろいろと書き替えられ、不幸続きの中自身の体がおいしく感じられることが唯一と言ってもいい救いだった。やっと運が向いてきたような雰囲気が出てきていたにもかかわらず、運命というのは優しくなかったのだ。

当然ではあるのだがここまで完璧に作戦に失敗していれば邪神もそれにいい加減気が付くわけで、すぐに対応をしてくる。

ワールドコアがダメだったのだとしても寄生虫が何の意味もなさずに終わってしまうのは好ましくないということで、さらに力を注ぎこんできたのだ。さすがに距離を含めて様々な問題があり作った時ほど力の変換効率は良くないが、それでもイレギュラーが起きたのはこの世界《日本サーバ》のみであったためそこそこに割けるリソースは多い。

書き換えられたとはいえまだまだ邪神の手先としての力を持つ寄生虫にさらなる力が付与され、暴走が始まる。

ただその暴走という言葉は全くそのままの意味を持つため、邪神にとっても問題となる。確かに今寄生虫がいる場所は国の首都であり、暴れさせることができれば相応の被害が出ることは間違いない。しかし、その暴走のさせ方がいい加減になってしまう可能性が高いのだ。なぜなら、どれだけ力を与えたとしても寄生虫にはそれを扱えるだけの知性がないのだから。ただただ力が荒れ狂い本の中で暴れまわるだけで、被害を出すことはできない。邪神の求める結果を出すことはなかなかに難しい様子となっていた。

それでも一応邪神が力を注いだ意味が全くないというわけではないようで、本との結びつきが少しずつではあるがその暴れまわる力により弱まっている。数日この状態が続くようであれば寄生虫の解放も難しくはないだろうと思われる程度にはなっている。

もちろんそれは、

「ん？　ちょっと待ってこの本、もしかして全部これ、問題になってる？」

何も対応をされなければ、の話ではあるが。

寄生虫と今のところ一体化している状態に近いその本のページには、いくつか問題が浮かび上がっていた。それも、もともと寄生虫が寄生した本などに比べても相当にレベルの高い問題ばかりが集まっている。

ゲームでわざわざこんな状況を作り出す必要性はあまりないと思われるのだが、基にしたものと運営たちの都合などを考えた結果としてこれが最適だとＡＩは判断したらしい。

何のためにかと言えば、封印に。

邪神が追加で流し込んだ力をどうにかするためには、この問題を解いて封印をするという流れにするべきだという風になったらしい。通常のゲームではありえないような展開だが、だからと言ってそれは勉強がしたい本の所有者にとって決して悪いことではなく、嬉々として挑まれた問題の数々を次々に解いていき封印は進んでいく。

寄生虫としては周囲の本などを食べたいという思いもあったようだが、そんなことは当然許されずペンを押し付けられて文字を書き込まれていった。

しかもただ何かを書き込まれるだけではなく、

（いった〜い！　痛い痛い痛い痛い！　痛いよぉぉぉ！！！！）

寄生虫にとって封印は当然抗うべきものである。ということもあり、封印という行為を受けることは非常に辛く苦しいことであった。

それこそ人で表現するのであれば首輪をつけられそれがだんだんと締められていき、さらに全身を少しずつプレス機で押しつぶされている感覚である。まだ寄生虫が痛いと考えるだけの思考能力が低い生物であったからこそ耐えられているが、これがもう少し知能の高い存在であったならば確実に精神は崩壊しているだろうといったほどの状況である。

もしここから寄生虫が解放されるとすれば、可能性としては誤った解答が書き込まれることしかない。その時には封印が失敗し寄生虫は出てくることができるのだから。もちろん、本当に間違えてくれるかどうかは別として。

その後数時間にわたり徹底的に寄生虫は痛めつけられ、ある意味本の所有者は拷問官のような恐ろしさを知らぬ間に発揮することになる。

それでもそんな地獄のような時間は決して永遠というわけではなく、ある時突如としてその体に押し付けられるペンの感触が消えた。それと同時に、体中にかかる圧力と苦しさと痛みは変わらないものの、それの増加はストップする。

原因は解答者がゲームを強制的にログアウトさせられたからなのだが、そうだとしても寄生虫にとって消えた原因などはどうでもいいことである。それよりも大事なのは、自分が食べたいものがあるのかどうかということだ。やはりその本能が1番強くなっているため、痛みなどもすぐに忘れて周囲を探り始めるのだが、

（ない。ないよ〜。どこ〜。おいしいのないよ〜）

今までずっと感じていた、おいしそうなものの気配。しかしそれらはすべて消え失せていた。

それどころか周囲には本以外もなくなっており、寄生虫は自身が封印される対象となっている本と一緒にポツンと何もない空間にいた。

そんなところでできるのはただただおいしそうなものがないと嘆き続けて、自分自身を食べ続けることくらいである。解答者がいないその時間は何もない虚無であり、しかしながら知性の低い寄生虫がストレスを感じるということもなくただただ平穏に過ぎていった。

とはいえ平穏などというのは幻想、まやかしである。

あっという間にその仮初めの平和は消え去り、

「よ、良かったぁ〜。そのままだぁ」

（ぐえぇぇぇ。痛いぃぃぃ。苦しぃぃぃぃ）

また地獄が始まることになる。その地獄と同時に周囲においしそうなものの気配が生まれるのだが、当然ながら寄生虫はそれに触れることもできずにただただ封印を受け続けるばかり。

できることなど何もなかった。ただただ痛みを感じ続けそれだけで寄生虫の知能がキャパオーバーとなるだけである。

邪神の力による内部の暴走で、ある程度分離は進んでいるのだが、それでも問題を解く方も順調であり、ハッキリ言って邪神の計画はこの世界《日本サーバ》においては何1つと言っていいほどうまくいきそうにない。かなり注入したはずの力も無意味に終わりそうな様子であった。

そんな勉強という名の封印作業と虚無の状態の2つが数回繰り返され、寄生虫と本の所有者兼解答者の数日が過ぎ去っていく。片方にとってはあっという間に過ぎ去る天国で、もう片方にとっては永遠にも思えるような地獄の数日が。

そしてついに、

「これが、ラスト?」

いつの間にか最終問題に。

一切ミスなくそこまでの問題は解かれてしまい、状況は絶望的。

ついでに不幸なことに、その最後の問題というのはやはり影響が大きいようで封印の最終段階ということもあるのか、

(ぎゃあああああああぁぁぁぁぁぁぁぁぁ!!!!!!?????)

もう寄生虫はまともな単語すら出せずに心の中で叫び本の中で暴れまわるばかり。激痛が走って

いた。

そしてさらに不運は重なるというべきか、最終問題なだけあってそれなりに難しいようで、解答者側も時間を使いじっくりと問題を解いている。そのため、その地獄の時間も相当な長さとなっていた。

結局数十分間そんな状況で、寄生虫にも様々な変化が訪れる。内側からさらに何かが書き換えられ、自分が自分でなくなるそんな感覚に陥っていた。どんどんとその感覚は加速していき、最終的に、

「よっし！」

ふっと体から今まで押し付けられていたペンが離れる。そこで、解放感を感じた。一瞬のことではあるが、間違いなくその解放感はすさまじいもの。

なのだが、苦しさと書き換えられるような感覚はなくならない。というより、さっきまでよりもどんどん寄生虫の中のそれが大きくなっていって、

「ん？　まぶしっ!?」

寄生虫の中の消えていってほとんどなくなりかけていたものが、完全に消え去る。封印が完了したというわけだ。

そして、寄生虫はそこから新しい自分が誕生したことを感覚的に理解する。

さらには自分の変化だけでなく、それ以外のいろいろなことも。

「ただいま戻りまし、って！　なんですかこれ!?」

「こ、この気配！　邪神の力ですか!?」

今までは全く気にしてこなかったが周囲の声が聞こえ、言葉が理解できる。さらには目があるわけじゃないが周囲は見えるし、いろいろなことが分かるようになった。

自分のことを所有している人物が「魔女さん」や「うるさい人」と呼ばれている人に囲まれて、寄生虫のことを話しているところからも様々なことが知識として吸収されていく。それほどまでに、知能の面でも変化が起きていた。

そうしてそのまま寄生虫のことが説明されていくと話が発展していって、所有者から寄生虫が、というか寄生虫が本と一体化した新しいその存在が「魔女さん」と「うるさい人」に貸し出されることになっていた。

そうなると余計に知識は入ってくる。

邪神という存在から自分は生み出されたこと。寄生虫と呼ばれていること。ただ、今の状態は本に入っていて通常の状態から変化していること。加えて、詳しいことは分からないが封印されていること。まだ生まれたばかりのその存在にとって、触れる情報はどれも新しく非常に興味の湧くものだった。知識の吸収は全く止まることがない。

さらに、知識は外から得たものだけでなく自分の体から得たものもある。

自分が寄生した2冊の本の知識は理解しているかどうかはともかくとして完全に知識として吸収されている。さらに理由は不明だが、このゲームの世界の細かい仕様や設定なども一部理解していた。邪神や神、英雄の関係性、そこから方向性がかなり変わって細かい当たり判定や現実での体の動きとゲーム内での体の動きの差異など情報は様々。

それだけでなく自分自身の能力や本質なども理解できており、移動能力を身に付けていたり、自分の本能部分が食欲ではなく知識欲が主になっていたり。そして何よりも大事なのが、自分が本という形になっており、集めた情報はそこにすべて書き込まれるということだろう。

今はまだ寄生した2冊の本を合わせてそこにさらに数ページ加えられた程度の厚さである。しかし、将来的に相当な分厚さとなるのは間違いがないことだった。

そんな自分自身の能力はともかくとして、本能部分を満たすよういろんな知識を吸収することができるため貸し出される時間は決して悪いものではなかった。どちらかと言えば非常にかけがえがない貴重な時間だったと言ってもいいだろう。

ただ引き取られた後、様々な知識を吸収していったが、1つ得られた知識とは別に分かったことがある。それが、

「師匠。この本ありがとうございました。非常に参考になりました」

「危険性もないようですし、本当に完全な封印が成功していると思われます」

自分がこうして所有者に返却されることに喜びを感じること。

それこそそう認識したため知識として自分自身の中に書き込まれたほどである。

しかもそれでは終わらず考察まで行われて、

（僕って、この所有者に対して好感を抱きやすいように作られてるのかな？　できるだけ陣営として所有者の側にいてほしいってことだろうし。神にとっても邪神の力を持ってる僕を邪神と敵対さ

せられるっていうのは重要なことなんだろうね）

自分自身をそういう風に書き換えた存在の事情まで考えて納得する。

とはいえ、もちろん喜びを感じるのはその作られたからという部分だけではなく、他にも理由は存在している。

その中で1番大きいのが、

「この気配は邪神の⁉　あなた何者ですか！…………って、あれ？　何を書いてるんですか？」

大抵人の話を聞かない状態になって始まるもの。本人は勉強、と言っているものだ。

これが1番、知識を増やしてくれる。改変され求めるようになった知識というものを1番供給してくれるのだ。

（すごい！　すごいすごいすごいすごい！　こんなにちょっとだけしか書いてないのに、僕の知らないのがいっぱい使われてる！）

このプレイヤーが所有者なのは、偶然ではなく必然。というよりはきっと、このプレイヤーが所有者だからこそ知識を求めるようになったのだと推察される。

そんな自分なのであるから、所有者の側にいることだし所有者のことをしっかりと観察し記録していく。自分自身に専用のページを作ってまで。

××年×月×日×時×分（晴）

今日から所有者を観察しながら新しい知識をため込む！　勉強というので書く知識だけでなく、所有者の行動や癖、雑談から能力までもらさず書いていこうと思ってるよ。

早速所有者の新しい力が発覚。どうやら人の精神に対して恐怖を与えることが可能らしく、所有者と同じところから来た人たちは恐怖により消滅。存在ごと消滅するというのは非常に興味深いからもう少し調べたい。

あと、怖いから僕の存在が消滅することはありませんように。

消滅はしないけどちゃんと一緒にいる魔女さんとかうるさい人とか呼ばれてる人たちも恐怖を感じてるみたいで、この力が発覚した時期のことを話してる。

魔女さんが一緒にいたみたいだけど、最初からこの力があったわけではなく突然この図書館っていう場所に許可証というものが必要になってからこの恐怖を与える能力を身に付けたらしい。詳しい理由は不明。

××年×月×日×時〇分（晴）

全く所有者の手が止まらない。解答を書いてる間に次の問題に目を通してて、悩んでいる時間や考えている時間がない。どうやって正確に答えを書く場所を把握してるんだろう？

なんで炭化水素の不飽和度がこんなにすぐに出てくるのかも不明。

僕も計算式は分かってるけど、それでも所有者みたいに計算式を書くことすらなく答えだけ書いていくのは意味が分からない。もしかしたら僕が知らない解き方があるかもしれないから、要観察。化合物の異性体も一切止まることなく全種類書けてるのもすごい。僕の知識にあるのよりも数が多いのに、全然迷ってない。答えともあってるみたいだし、どうやってあんなに速く全部のパターンを導けるのか知りたい。

しかもそんなにたくさん書いたのに、所有者は「異性体って種類がたくさんあるとすぐノート使いきっちゃうから嫌いなんだよねぇ」って言ってる。嫌いなはずなのにこんなに簡単に解けてる理由が分からない。

嫌よ嫌よも好きの内って言葉をどこかで学習したけど、これのことなのかな？

××年×月×日○時×分（晴）

所有者は本を書いていたらしい。いろんな情報をまとめたところ、その書いた本の一部は僕の中にも含まれてることが分かった。僕の中にある情報はまだまだ僕だけの情報じゃないみたいだから、もっとたくさんのことを知っていきたい。まずは今僕のことを読んでる「司書さん」って呼ばれてる人と同じくらいの知識は欲しい。

もちろんいつかは所有者の持ってる知識も全部僕のものにしたいけどね。

所有者が書いて魔女さんたちに渡した本はたくさん売れたみたいで、今も所有者の所持金は増え続けているらしい。実際にどれくらいかは分かんないけど、魔女さんやうるさい人、司書さんの予想によると一等地の屋敷が一区画全部買えちゃうくらいの額になるらしい。

………どれくらいだろう？　言ってた内容をまとめてみたけど一等地の屋敷とか土地とかの価格を知らないからよく分かんないや。もっとそういう知識も増やしておかないと。

あと、司書さんが僕のこと読んでるけど所有者は読まないのかな？

××年×月×日〇時〇分（晴）

所有者が今やっている英語というものがまだよく理解できてない。

明らかに僕の中にある知識だけだと基礎的な部分が足りていないような気がする。ｅｄを付ければ過去の話になる法則性だと思うんだけど、なんでｄｅｔａｃｈは「分離する」なのにｄｅｔａｃｈｅｄは「公平な」なの!?　意味が分からないよぉ。

法則性を見つけたと思ってたけど、違ったのかな…………。

あと、Ｉとかｙｏｕとかどういう意味か分からないし。きっとこれも意味があるんだよね？　全然僕の持ってる知識の中に説明がないんだけど。

所有者にはもっと詳しい説明を書いてほしい。

あと、通常の文章と英語の文章を並べた時に順番が意味分からない。なんで「ｓｏｏｔｈｅ《和らげる》」が「ｐａｉｎ《痛み》」より先に来るの!?　普通は「痛みを和らげる」の順番でしょ？　あと、「を」はどこに行ったの、「を」は！　「ｓｏｏｔｈｅ　ｐａｉｎ」だと「和らげる痛み」になっちゃうでしょ？　痛みが何かを和らげるみたいになっちゃうじゃん。絶対おかしいと思うんだけど………。

英語ってよく分かんない。

××年×月×日△時×分（曇り）

所有者が司書という人に現代文（？）っていう勉強の文章を読ませようとしなかった。見せていいものなのか分からないらしい。司書も残念そうにしてたし、僕も見たかったから残念。後でできそうならこっそり読んでみたい。というか、僕が食べちゃいたい。

あと所有者が「法律的に許されない」って言ってたけどどういう意味か分からないから、そこもどこかで理解したい。

所有者とは関係ないけど、司書とか魔女さんとかうるさい人とかが僕に実験って言って本を食べさせてくれた。おいしかった。

もっとどうでもいいけど、魔女さんは賢者という名前でうるさい人は教皇という名前らしい。よく分からないけどそのあたりの文化（？）も学んでいきたい。

名前と言えば所有者の名前も分かってない。まず名前があるのかどうかも分からない。

所有者のことを知ろうと思ってるのに名前も知らないのはどうかと思うけど、誰も所有者の名前を口にはしてない。賢者と教皇は「師匠」って呼んでるし、司書は「読み友」って呼ぶようになった。絶対本当の名前じゃないと思う。

だって、所有者が今からやろうとしてる勉強のことを考えると所有者の名前はそういうタイプの名前じゃなさそうだし。

とりあえず僕の知識の中では、所有者の世界で所有者の名前が「師匠」とか「読み友」とかになってるってことはないと思う。あるとしたら、「晶子」とか「ジャンヌ」とか？

所有者が解く問題の中に「あなたの名前は？」っていうのを追加したら自分の名前を書いてくれるかな？

××年×月×日△時〇分（曇り）

たまに僕の知識にある人の名前とか戦いとか地名だと思われるものとかを所有者が書いている。今やってるのは、世界史らしい。

今までやってた化学とか英語とかと比べると、この世界史はあまり僕が得られる知識が多くない。大体僕の知識の中に入ってあるものが多いから。知らない名前も出てくることはあるけど、そういったものはちょっと新しく覚えればいいだけ。他のものに比べて、新しい知識を増やしていくという意味だと単調な作業になってしまう。僕の全く理解が及ばないことを所有者の様子から読み解くという必要もないし、こういう知識を単純に増やすためならわざわざ所有者にこだわる必要はあまりないように思う。結構同じ流れの繰り返しみたいなところもあるし。

ただ、それでも変わらず僕が所有者の観察と勉強の様子を記録し続けるのは新しい知識を増やす以外にメリットがあるから。

それが何かといえば、つながりを作ること。ただ知識を増やすだけじゃなくて、それぞれの知識の時代的なつながりとか思想的なつながりとかそういうものがどういう影響を受けていたのかというのが関係性として役割を持ち出す。僕にとってはそうした知識同士の影響というのが分かるのも大事なところになる。

やっぱり所有者は僕に新しいものをたくさんくれるね。

遊牧民とオアシスで交易をしてた人たちのつながりとその後の変化なんて、ただ知識を増やしてただけの時には全く分からなかったし。

××年×月×日▽時×分（晴）

所有者が司書に『牽制魔弾』というものをもらってた。防犯用のスキル（？）らしい。

使ってないし細かい説明もなかったからどんなのか分からない。実際に見てみたかった。

あと、その後所有者は帰って僕は何もない空間に送り出された。あの封印とかいうのをされている最中に何回か入れられた何もない空間。トラウマというわけではないけど、ちょっと思い出して嫌な気分になってくる。

でも、気分はちょっと嫌になっても今の僕は大丈夫。だって、こうして封印されたからなのかは分からないけど僕は移動できるようになったから。

いろんなところに行けるし、いろんな人の話も聞ける。ちょっと最初は移動してると邪神の気配とかいうものがするみたいでバレちゃったけど、途中から抑えられるようになってバレなくなった。

まさかモンスターに人の言葉を話せてしかも他のモンスターをたくさん指揮して襲ってくるのがいるなんて思わなかったね。危うく捕まるところだったよ。

賢者とか教皇とか司書とかも強い魔物とかいるって話はしてたけど、ここまでだとは思ってなかった。僕が聞いてた話だと意思の疎通をするにしても独自の鳴き声とかで指示を出したりするくらいだってことだったし、他のモンスターと一緒に行動したり指示を出したりするにしても数匹とかいうことだったけど今回は明らかに数匹とか十数匹かでは収まらない程度には多かったし。

危ないこともたくさんあったけど、暇にならないし知識も蓄えられるしお出かけって楽しいね。また行こうかな～！

××年×月×日▽時○分（晴）

お出かけで所有者と同じ世界から来てる人たちを探ってみる。もちろんそれ以外の声とかも聞こえる部分は拾うし見える部分も覚えるんだけど、やっぱり今の僕としてはこっちの外の世界の人たちの話に意識を向けたい。

所有者のことを知るためには、所有者のいる世界のことを知ることも重要だと思うから。所有者の周囲の環境が分かれば、何をどういう風にして所有者が生まれて育ってきたのかが分かるはずだし。

ただ、そんな簡単に僕の思い通りにはいかない。

外の人たちの話す内容もまばらで当然ながら僕が求めていることを話すわけではないし、僕が知ってることを話すことも多い。

でも、僕はそれでもかまわない。

確かにたくさんの知識が欲しいのは間違いないけど、それ以上に所有者のことは理解しておきたいから。これくらいの時間を消費するくらいの価値はあると思う。

…………たぶん。

あと、それとは別に戦いとかステータスとか職業の話とかで面白い話をしてる人がいるからこの人の匂いは覚えておこうかな。そういう情報を集める時はこの人の近くに行けば良さそう。文尾にニャ〜を付けてる珍しい人だけど、こういう人もいるんだね。僕もまだまだ知らないことが多いなぁ。

話し方のことも調べておかないといけないかもしれない。

××年×月〇日×時×分（晴）

所有者の匂い？　気配？　そんな感じのものが、かなり遠くからする。これはたぶん、他の世界からかな？

どうやってそんな他の世界にまで行ったのかは分からないけど、それはつまり僕と同じような能力を所有者も持っているってこと。まだ試してはないけど他の世界にも行けるっていう能力を、僕だけでなく所有者も使えるってこと。

たぶんもっと前にも同じように他の世界に行ってたんだろうけど、僕が僕のことを学習するのに夢中になってて気づけてなかった。

これはちゃんとメモしておかないと。今まで接触してきた人たちの中でそんな人はいなかったし、たぶん所有者独自の能力か所有者みたいな外の世界から来た人たちが持ってる能力か。どっちかだと思う。

こうやって所有者も他の世界に行けるなら、一緒にいろいろな世界にお出かけできるかもしれない…………あれ？　でも、僕が所有者に求めるのは勉強してる時にくれる知識だよね？　お出かけしてたら勉強しないし知識ももらえないはずなのに。

何で僕、一緒にお出かけなんてこと考えたんだろう？

××年×月○日×時▽分（曇り）

突然呼び出されてビックリ。

ダンジョンを作ることになったらしい。所有者はどうやらこの僕がまだあんまりよく分かってない世界の勉強場所を失ってしまったみたいで、ダンジョンを代わりの勉強場所として考えているみたい。

僕も所有者にはちゃんと勉強していてほしいから一安心。所有者の勉強場所があってよかった。

…………ところで、ダンジョンって何？

VRGAME DE KORYAKUNADOSEZUNI
BENKYO DAKESHITETARA
DENSETSUNINATTA 1...

キャラクターデータ

VRGAME DE KORYAKUNADOSEZUNI
BENKYO DAKESHITETARA
DENSETSUNINATTA

player character

【※PN《プレイヤーネーム》登録なし※】

レベル 331

職業 熟練魔法使い ※転職可能

装備 熟練魔法使いのローブ

ステータス

HP：7560／7560
MP：19320／19320
SP（満腹度）：0／70000
ATK（物理攻撃力）：1180
DEF（物理防御力）：1040
AGI（機動力）：400
LUK（運）：2500
INT（魔法攻撃力）：3280
MND（魔法防御力）：3140

スキル 『風魔法1』『MP増加25』
『魔力障壁1』『詠唱短縮6』
『魔法使いの心得26』『速読152』
『集中162』『並列思考29』
『速筆216』『高速演算98』『翻訳81』
『記憶201』『INT増加68』『教授39』
『飢餓耐性55』『餓死無効』『召喚魔法1』
『寒冷の瞳5』『無視97』『金の瞳3』『神聖魔法1』
『限界突破』『封印68』『邪神耐性50』『牽制魔弾3』『爆撃1』

ユニークスキル 『飢えは最高のスパイス』『必殺』

称号 『何度目？』『賢者の師』『忘れてはいけない』『新たな風をもたらして』『大商人のお得意さん』

『鬼を纏いし者』『弱者の英雄』『大量虐殺者』『賢者の救世主』『賢者の憧れ』『賢者の夢』『賢者の目標』

『教会の救世主』『教皇の救世主』『聖女の救世主』『引きこもり』『ぼっち』『ぼっち？』

『生まれし世界を間違えし者』『中毒者』『教皇の師』『英雄ですら届かぬ者』『基礎を求めし者』

『禁忌の生みの親』『封印者』『計画破壊者』『警備突破者』『図書館の貢献者』『司書の読み友』

『爆弾魔』『弱いなんて言わせない』

転職可能 ○中級魔法使い ○召喚士 ○シスター ○富豪 ○学者 ○教師 ○禁術使い
○救世主 ○封印士 ○退魔士 ○滅魔士 ○その他基礎職

player

【画智是《がちぜ》 伊奈野《いなの》】

VRGAME DE KORYAKUNADOSEZUNI BENKYO DAKESHITETARA DENSETSUNINATTA

【スキル・称号詳細】

〈スキル〉『風魔法』：風魔法が使用可能になる／『MP増加』：MPが増加。増加量はスキルレベル×100／『魔力障壁』：魔力により簡易的な障壁を作成できる／『詠唱短縮』：魔法の詠唱が短縮可能になる／『魔法使いの心得』：魔法の使用魔力量減少。魔法の効果上昇／『速読』：文章を速く読めるようになる。魔導書による魔法習得の速度上昇／『集中』：深く集中できる。対象の『弱点（攻撃がヒットした際ダメージ量が増加する部位）』が分かる／『並列思考』：同時に複数の物事を考えられる。一部遠隔操作アイテムの複数個同時使用、及び魔法の並列使用が可能となる／『速筆』：素早く文章を書ける。魔導書の作成速度上昇／『高速演算』：計算能力が向上する。自身への攻撃が予測される場合、攻撃予測軌道が表示される／『翻訳』：1つの言語から別の言語へと変換できる／『記憶』：記憶力上昇。見たことのある魔法を威力が低下した状態で使用可能。低下率は記憶の明確さに依存／『INT増加』：INTが増加。増加量はスキルレベル×10／『教授』：人に物事を教えるのが上手くなる。オリジナル魔法をNPCに伝授可能／『飢餓耐性』：満腹ゲージの減少を抑える／『餓死無効』：餓死しなくなる／『召喚魔法』：召喚魔法が使用可能になる／『寒冷の瞳』：魔力を消費して視界へ入った相手に凍結効果／『無視』：対象から攻撃を受けない限り無視し続けることができる／『金の瞳』：視界に入ったアイテムの相場が分かる／『神聖魔法』：神聖魔法が使用可能になる／『限界突破』：スキルの効果を20%増加させる。ただし、使用後対象スキルの効果が半日間50%低下。効果時間3分。クールタイム10分／『封印』：対象を封印できる。使用できる封印は現在『完全封印（対象を何かの依り代へ完全に封印する）』『スキル封印（対象の所持スキルを選んで封印する）』『行動封印（対象の特定の行動を不可能にする）』の3つ／『邪神耐性』：邪神からの攻撃によるダメージ減少／『牽制魔弾』：MPを1消費してダメージのほぼない小さな爆発をする魔弾を指先から発射する。爆発に弱い『麻痺（行動不能）』効果／『爆撃』：MPを消費し爆発を起こす。MPの消費量により効果範囲が変動

〈ユニークスキル〉『飢えは最高のスパイス』：空腹であればあるほど全ステータスに補正（空腹の上限はSP0）／『必殺』：スキル発動時から0.05秒以内に攻撃した対象を即死させる。耐性無効。クールタイム（現実時間で）10時間

〈称号〉『何度目？』：得られる経験値、及びスキル経験値が2倍になる／『賢者の師』：一般NPCからの好感度プラス補正。英雄から認識される。魔法スキルへ補正。魔法スキルの獲得条件大幅緩和／『忘れてはいけない』：食料がいくつか支給される／『新たな風をもたらして』：学者系NPCからの好感度プラス補正／『大商人のお得意さん』：一般NPCからの好感度プラス補正。英雄から認識される。商業スキルへ補正。金銭の関わるスキルの獲得条件大幅緩和／『鬼を纏いし者』：集中する際威圧効果（威圧を受けた対象の各ステータス制限。レベルが発動者より低ければ低いほど効果が大きくなる）／『弱者の英雄』：一般NPCからの好感度プラス補正。自分よりレベルの高い敵と戦う場合にステータスへ補正がかかる。自分たちより数が多い敵と戦う場合（通常はパーティー人数、イベント中は味方陣営の数等）、数が多ければ多いほどステータスへ補正がかかる／『大量虐殺者』：連続でキルを行う際コンボが発生するようになり、コンボ数が多くなればなるほど1度の攻撃による攻撃力が上昇／『賢者の救世主』：賢者からの好感度プラス補正。英雄から認識される。神聖スキルへ補正。魔法スキルの獲得条件大幅緩和／『賢者の憧れ』：一般NPCからの好感度プラス補正。英雄から認識される。魔法スキル及び神聖スキルへ補正。魔法スキルの獲得条件大幅緩和／『賢者の夢』：賢者及び一般NPCからの好感度プラス補正。英雄から認識される。魔法スキルへ補正。魔法スキルの獲得条件大幅緩和／『賢者の目標』：賢者及び一般NPCからの好感度プラス補正。英雄から認識される。魔法スキルへ補正。魔法スキルの獲得条件緩和／『教会の救世主』：教会の信者であるNPCから好感度プラス補正。神聖魔法へ補正。神聖スキルの獲得条件緩和／『教皇の救世主』：教会の信者であるNPCから好感度プラス補正。一般NPCからの好感度プラス補正。英雄から認識される。神聖魔法、及び補助魔法へ補正。神聖スキルの獲得条件大幅緩和／『聖女の救世主』：教会の信者であるNPCから好感度プラス補正。一般NPCからの好感度プラス補正。英雄から認識される。神聖魔法、及び補助魔法へ補正。神聖スキルの獲得条件大幅緩和／『引きこもり』：自身の所有する区域において防御力大幅上昇および移動力低下／『ぼっち』：ソロでの行動時、能力値微上昇／『ぼっち？』：プレイヤーとパーティーを組んでいない間、能力値微上昇／『生まれし世界を間違えし者』：プレイヤーとパーティーを組んでいない間、能力値上昇／『中毒者』：一定期間中毒であると判定された事柄を行なっていないと能力値微低下／『教皇の師』：教会の信者であるNPCから好感度プラス補正。一般NPCからの好感度プラス補正。英雄から認識される。神聖魔法、及び補助魔法へ補正。補助スキルの獲得条件大幅緩和／『英雄ですら届かぬ者』：自分よりレベルが低い敵に状態異常『絶望（HPの最大値低下。防御力の低下）』付与。状態異常の強さはレベルが離れていればいるほど大きくなる。あらゆる事柄に成長補正／『基礎を求めし者』：初期獲得スキルのスキル獲得経験値上昇。ステータスの上昇値に補正／『禁忌の生みの親』：一般NPCから『畏怖（好感度が高い場合崇拝、低い場合嫌悪）』される。一部NPCの好感度大幅上昇。一部NPCとのイベント解放／『封印者』：特別職『封印士』の開放／『計画破壊者』：邪神へ与えるダメージ2倍。邪神から認識される／『警備突破者』：隠密能力上昇。他者の拠点へ侵入する際、全ステータス補正／『図書館の貢献者』：一部NPCからの好感度プラス補正／『司書の読み友』：一般NPCからの好感度プラス補正。学習系スキルへ補正／『爆弾魔』：爆発物の威力が向上。関連スキル獲得条件緩和／『弱いなんて言わせない』：相手に与えるダメージが20以下の攻撃によるダメージを3倍にする

VRGAME DE KORYAKUNADOSEZUNI
BENKYO DAKESHITETARA
DENSETSUNINATTA

non player character

【魔女さん】

通称 賢者

本名 デュプリー・ケイト

範囲攻撃も単体火力も使えるため
対応できる敵の幅が広く、
魔法使いとして国のトップ。
邪神に対抗する力が必要であることから、
常に自身の成長を望んでいる。
人助けへの積極性と普段はさばさばした性格により人気があり、
『妹』と名乗るプレイヤーたちから慕われ崇拝に近い感情を寄せられている。
MPと魔法攻撃力に特化している代わりに英雄の中では1番防御力が低く、
たいていどのサーバでも英雄が襲われる際は最初に陥落する。
伊奈野を師匠と呼び、いつか受験勉強が終わって自由になったところで
自分の立場などをいくつか丸投げして楽をしたいと考えている。

VRGAME DE KORYAKUNADOSEZUNI BENKYO DAKESHITETARA DENSETSUNINATTA

VRGAME DE KORYAKUNADOSEZUNI
BENKYO DAKESHITETARA
DENSETSUNINATTA

non player character

【うるさい人】

通称 教皇

本名 クルックス・ウィンダー

支援系の魔法を得意としており
聖属性以外の属性の魔法や
攻撃系スキルの獲得及び使用ができない。
攻撃手段がほぼないため侮られることが
多いが、豊富な人脈と知識と事前の
対策により相手を倒すことはできずとも
逃げることと隠れることは容易。最近外からの存在《プレイヤー》が来るとともに
新しい宗教も入ってきたためその対策に頭を悩ませている。
第21代目教皇で、教皇としての活動中に本名は使わないことになっている。
宗教勧誘少女のことを娘のようにかわいがっている。
伊奈野を師匠と呼び、いつかアドバイザーとして
教会で雇いつつじわじわと勧誘して信者にしたいと考えている。

VRGAME DE KORYAKUNADOSEZUNI BENKYO DAKESHITETARA DENSETSUNINATTA

VRGAME DE KORYAKUNADOSEZUNI
BENKYO DAKESHITETARA
DENSETSUNINATTA

non player character

【店主さん】

通称 大商人

本名 ベンジャー・ビトレー

世界中のほとんどの商売に関係しており、
戦闘職ではなく商人として
基本的に物資の安定供給などを主な役割としている。
英雄の中で1番裏社会とのかかわりが多いとされていて、
悪事を働く商人や反逆しようとするグループなどは全て潰されるという噂もある。
外からの存在《プレイヤー》が新しい商売の形を教えさらに顧客も増えているため、
今まで以上に売り上げが伸びている。
伊奈野をお得意様としており、あわよくば大量にお金を使わせるとともに
儲かりそうな商売を自分と連携させた形で打ち出したいと考えている。

VRGAME DE KORYAKUNADOSEZUNI BENKYO DAKESHITETARA DENSETSUNINATTA

あとがき

『ＶＲゲームで攻略などせずに勉強だけしてたら伝説になった①』をお手に取ってくださりありがとうございます。本作を楽しんでいただけたのであれば（読んでいらっしゃらない方は楽しんでいただければ）幸いでございます！

それではあとがきのページ数も少ない事ですし、早速この作品の思い出等々振り返らせていただきます。

この作品の最初と言いますと、サイトの方で次に書くものを何にするかと悩んでネタ帳とにらめっこしていたところたまたまこの作品の原案を見て書いてみたというものになります。ただ、その原案にはタイトルとともに「主人公：受験生　受験勉強してたら重要なキャラに興味を持たれる」しか書かれていなかったのでこの原案を書いたときの想定通りのものが書けていたかどうかというのは正直謎。逆に、その原案からよく書籍化までこぎつけたなというのが素直な感想ですね！　本当に今でもわかりません。

しかも今まで書いてきたものが自分の趣味に走って失敗して所謂なろう系と呼ばれるパターンの

ものに挑んで失敗して悪役令嬢に震えながら挑んで若干成功したという流れで一切長編のＶＲ作品を書くということもなかったため…………本当になぜ書籍化できたのか心の底から疑問に思います。

個人的に書籍化が決まった際の1番の思い出がこの作品の内容とはほとんど関係ないのですが、1番初めの担当さんとの打ち合わせになります（もっと読者の方々との思い出とか書けよ！）。緊張によるストレスか何かは分からないのですが打ち合わせの2時間ほど前から急に鼻血が止まらなくなり、その結果余計に焦って血液の循環がより強まってしまったのか、全く血が止まらず。最終的にティッシュで鼻を押さえながら担当さんと電話をしました。しかも私は古き良き固定電話の子機（最近の若い方は分からないのかな？）を使用していたため時間がかかるごとにだんだんとバッテリーの充電がなくなっていき…………ハッキリ言って最初の打ち合わせで何を話したのかあまりよく覚えていないです☆

ただきっと、さすがに変なことは言ってなかったはずです…………たぶん。

それではそんな振り返りで担当さんの作者への評価がどうなってしまうのかと考え少し戦々恐々としつつ、この辺りで私の方は失礼させていただきます。

担当さん、本作のイラストを担当してくださっているようづきさん、本作の出版等諸々に関わってくださっている皆様、そして何よりお読みくださった読者の皆様に厚くお礼を申し上げます。

またどこかでお会いできたら幸いです。できれば2巻とか…………出たらいいなぁ。

三阪

ありがとう
ございました!!

戦国小町苦労譚
転生した大聖女は、
聖女であることをひた隠す
領民0人スタートの
辺境領主様
ヘルモード
～やり込み好きのゲーマーは
廃設定の異世界で無双する～
二度転生した少年は
Sランク冒険者として平穏に過ごす
～前世が賢者で英雄だったボクは
来世では地味に生きる～
俺は全てを【パリイ】する
～逆勘違いの世界最強は
冒険者になりたい～
反逆のソウルイーター
～弱者は不要といわれて
剣聖（父）に追放されました～
毎月15日刊行!!
最新情報は
こちら

無職の英雄
別にスキルなんか
要らなかったんだが
もふもふとむくむくと
異世界漂流生活
冒険者になりたいと
都に出て行った娘が
Sランクになってた
メイドなら当然です。
濡れ衣を着せられた
万能メイドさんは
旅に出ることにしました
万魔の主の魔物図鑑
―最高の仲間モンスターと
異世界探索―
偽典・演義
～とある策士の三國志～
生まれた直後に捨てられたけど、
前世が大賢者だったので
余裕で生きてます
ようこそ、異世界へ!!
EARTH STAR NOVEL
アース・スターノベル

第7回
小説家になろう
アース・スターノベル大賞
Earth Star Novel Awards 7th 2024
※小説家になろうは、
株式会社ヒナプロジェクトの登録商標です。
※第7回アース・スターノベル大賞はアース・スターノベル、
アース・スター ルナと小説家になろうの合同企画です。
◀詳細はこちら
©福きつね

グランプリ
賞金200万円
+複数刊の刊行確約+コミカライズ確約
応募期間
2024年
7月1日〜11月1日
授賞発表時期 2024年12月予定
「小説家になろう」に
投稿した作品に
「ESN大賞7」を
付ければ
応募できます!
金賞 賞金 50万円+複数刊の刊行確約
銀賞 賞金 30万円+書籍化確約
奨励賞 賞金 10万円+書籍化確約
コミカライズ賞 賞金 10万円+コミカライズ確約

「小説家になろう」にて
年間1位獲得!!
（VRゲーム〔SF〕ジャンル、2023年10月26日時点）
無自覚無双×ダークファンタジー×コメディ
書籍オリジナルエピソード多数！
倒したら、
～裏イベントを最速で引き当てた結果、世界が終焉を迎えるそうです～
エリーゼ
Illustration がわこ
発売中ッ!!!
※「小説家になろう」は株式会社ヒナプロジェクトの登録商標です。

1巻
特集ページは
こちら
「う〜ん、早く元気になって貰うように
なでなでしてあげます。よしよし……」
「ううぅ……。
ううぅ〜……」
ガイド役の天使を殴り
死霊術師になりました
ぶっちぎりで好評

EARTH STAR
NOVEL

VRゲームで攻略などせずに
勉強だけしてたら伝説になった ①

発行 ―――――――― 2024年10月17日　初版第1刷発行

著者 ―――――――― 三阪

イラストレーター ―――― ようづき

装丁デザイン ――――― 石田隆（ムシカゴグラフィクス）

発行者 ―――――――― 幕内和博

編集 ―――――――― 佐藤大祐

発行所 ―――――――― 株式会社アース・スター エンターテイメント
〒141-0021　東京都品川区上大崎 3-1-1
目黒セントラルスクエア　7F
TEL：03-5561-7630
FAX：03-5561-7632

印刷・製本 ―――――― 中央精版印刷株式会社

ISBN 978-4-8030-2022-9